不貞の子は父に売られた嫁ぎ先の成り上がり男爵に真価を見いだされる

天才魔道具士は黒髪の令嬢を溺愛する

三崎ちさ

Illustration 花染なぎさ

ロレッタ
アーバン伯爵家の長女。
黒髪のせいで隔離され孤独に生きてきたが、バルトルと結婚後は愛され、本来の自分を取り戻す。ひたむきでまっすぐ、しなやかな女性。
バルトル
スラム出身の平民出ながら、魔道具士としての優秀さを評価され、男爵位を手に入れる。魔力の糸の特性を見分けることができ、ロレッタの存在を突き止め求婚した。独占欲が人一倍強い。

マーゴット

ロレッタとルネッタの母。ロレッタを産むまではほかの男性を知らなかったが、ロレッタが黒髪で産まれたせいで苦悩し、その後不貞に走ることとなった。

ザイル

アーバン伯爵。ルネッタが自分の娘と信じて疑わず、盲目的に溺愛して育てる。貴族ではあるが下品で強欲な男。

ルネッタ

ロレッタの妹。傲慢で世間知らずだが、幼い頃は姉を慕っていた。実は母マーゴットの不貞の末にできた子のため、魔力が弱い。

ロレッタは伯爵令嬢にもかかわらず、黒髪を理由に「不貞の子」と蔑まれ、
表向きは『病弱な娘』として、屋敷の離れで一人きりで暮らしてきた。
しかし、ある日突然平民から成り上がった男爵バルトルから求婚される。
厄介払いができるとばかりに両親も乗り気で、準備もそこそこに嫁がされるロレッタ。
面識がないはずのバルトルがなぜか自分に優しく、
敬うような態度さえ感じられることに戸惑うが、
自分がこっそり家族のために紡いできた魔力の糸から自分を捜し当てたのだと知り、驚く。
黒髪は魔力なし、とされる世の中でなぜか魔力を持ち、
糸を紡ぐことに長けていたロレッタはバルトルから愛されることにより自信を取り戻し、
本来の自分の価値を知っていく。
二人が慎ましくも幸せな生活を続けていた時、
ロレッタの生家アーバン家で『魔力継承の儀』が執り行われることに。
父から妹ルネッタに魔力が引き継がれると思いきや、ルネッタこそが「不貞の子」で、
ロレッタは正当な貴族の血を持つことがわかる。
これが騒ぎの発端となり、家族離散につながるが、
バルトルはロレッタを母マーゴットの歪んだ愛情から守り通すと決意する。
ロレッタの髪が伸びるまで結婚式を延期にしていた二人だが——

レックス

「氷の貴公子」と呼ばれる貴族出の魔道具士。バルトルとはどこか馬が合うようで、たびたび対面する機会があるが、互いに相手のことを「変わっている」と認識している。

セシリー

ガーディア家の侍女。ロレッタのお世話をすることに全力投球でにぎやかな女の子。

一章　日常と不穏の気配

1．わたしのやりたいこと

「おうい、ロレッタ！　そっちの準備はできたかい！」

「はい！　今、持っていきます」

わたしを呼んだのは、マーサさん。大柄な女性でいつも厳しい顔をしているけれど、とても優しい人だ。

大鍋をよいしょと持ち上げて、炊事場から外のお庭まで運んでいく。

月の第三日曜日。この日は王都に建てられた教会のひとつ、ワートナー教会が主催する炊き出しの日だ。数ヶ月前からお手伝いをさせてもらっている。

◆◆◆

わたしがこうして炊き出しに参加するきっかけになったのは、バルトルだ。

バルトルとわたしは晴れて気持ちも結び合った夫婦となり、穏やかな日々を過ごしていた。

そんななか、バルトルがぽつりと言ったのだ。

「ねえ、君のやりたいことはなにかあるかい？」

わたしはその問いに、すぐには答えられなかった。

（わたしのやりたいことって、なんだろう）

いままでずっとアーバン家にいて、このままずっとあの離れにいるのだと思っていたから、あまり何をしたい、これをやりたいと考えたことがなかった。

バルトルと結婚して、お庭をいじらせてもらえるようになったのはやってみたかったことだし、やりがいもあったけれど、それ以外に『わたし』がしたいことと聞かれると、わからなかった。

「ごめん、困らせたくて聞いたわけじゃなかったんだ。やりたいことがあるなら協力したいな、って思って」

考え込んでしまったわたしにバルトルは少し慌てて苦笑しながらフォローしてくれる。

「いえ、すみません。わたし、そういえばそういうことって、考えたことがなかったなと思って……」

「そっか。僕と一緒に暮らしてて不満はないんだね？……って思っていていいのかな」

「はい！　それはもう！」

「よかった、実はそれが心配で聞いちゃったんだ」

バルトルはそう言ってはにかむ。そんな彼に同じようにはにかみながら答える。

「わたし、これから考えてみたいです。わたしが何をしたいのか、わたしに何ができるのか、とか……」

「そうだね。きっと君ならなんでもできるから。僕もいるしね」

ニコ、と笑ったバルトルは、本当に優しげだった。

それからわたしは、考えた。何をしたいのか。何ができるのか。

そのときに知ったのが、この炊き出しだった。

バルトルは孤児だった。そして、この国には多くの孤児がいる。

先代の王の政治はあまり良くなく、平民たちはそのあおりを受けて、貧困に苦しむ人が、先王の一代で一気に増えた。

バルトルと彼らをそのまま重ねたわけではないけれど……。彼らを少しでも助けようとしている人たちがいて、その取り組みを手伝えるのなら、わたしも手伝ってみたいとそう思ったのだ。

縛り付けられていた家を出て、わたしがやりたいことの答えではまだないと思うけれど、まずはここから始めてみたいと。

バルトルは「あまり僕としてはおすすめしたくはないんだけど」と言いながらも、わたしのやりたいことを応援してくれた。

「僕の生まれ育ちに寄り添おうとしてくれた気持ちは嬉しい」

そう柔らかく笑い、それからふと表情を引き締め、バルトルはいつになく低い声でこう続けた。

――けして、一人でスラム街に立ち入ってはいけないよ。

そう言ったときのバルトルの表情と声がわたしには忘れられなかった。

（……この子たちは、スラム街に帰るのかな……？）

炊き出しにやってくるのは子どもたちだけでなく、大人もいる。訪れる人は老若男女だ。

孤児も、大人たちも、何もすべての人間がスラム街に集まっているわけではない──らしい。うまく住み込みの仕事についている人もいるし、住民街の路地で暮らす人もいる──そうだ。

「あんま深入りしないようにすんのが大事だよ」

そう言ったのはマーサさんだ。

彼女がそう言う意味がわかるような気もするし、しっくり来ない気もする。

バルトルも、マーサさんも、恐らく二人は同じようなことを言いたいのだろうな、と思う。

笑顔を作り、列に並ぶ子どもたちにスープの入った器を渡しながら、わたしは胸に引っかかる何かを呑み込んだ。

（……きっと、こういうことをするのは根本的な解決ではないのよね）

それでも何もしないよりはいいだろう、と自分に言い聞かせて、わたしは嬉しそうに笑う子どもを見て、目を細めた。


「はあ、今日も疲れたね！」

マーサさんが、教会の休憩室のソファにどっかりと座り込む。

「これで帰ったらまた家族の飯の支度だよ！　やんなるねえ」

そう言って豪快に笑うと、周りにいた婦人たちも「ほんとよねえ」とからからと笑い、口々に自分たちの家庭の話をし始めた。

大変だ、疲れる、とは言いつつも、暖かい眼差しと口調で話をする彼女らを見ていると、なんともいえない気持ちになって、わたしも自然と目を細めた。

「そうだ、ロレッタ、あんた、アレだろ？　あのバルトル・ガーディアの嫁らしいじゃないか」

「は、はい」

マーサさんに不意に声をかけられ、わたしは慌てて頷く。

「あんたも大変だねえ、旦那が爵位なんかもらっちまったもんだから、それなりの格好しないといけないし。でも、元々いいとこの出ではあったんだろ？　あんた、なんか品があるもんね」

わたしははにかんで、肝心なところははぐらかす。貴族の生まれであることはあまり多くに言い触らさないほうがよいかと思っているからだ。

やはり、髪の毛の色が黒いから、マーサさんはわたしを貴族の生まれとは思っていない。

「あたしも何度かあんたの旦那の顔は見たことあるけどさ、あれは相当いい男じゃないか！　いいねえ、金もあるだろうし。それはそれで大変だろうけど、せっかくだから楽しんどくんだよ！　男の金を使えるのは今のうちだけだよ！　子どもができたり老けてきたらもうねえ」

「ちょっと、マーサ。若い子に何言ってんのよぉ。あんたんとことは違うんだからさあ！」

「まあなんにしても若いうちが花よ！　明日はどうなるんだかわかんないんだからさ！」

マーサさんはそう言って、またも豪快に笑う。わたしはマーサさんの歯に衣《きぬ》着せぬ性格が、わりと好ましかった。

かつて、アーバン家の離れで過ごしていたわたし。

そのときからは想像もつかないほど、今のわたしは自分の意思でいろいろな事ができている。外の世界の人と関わりを持てている。

（……奉仕活動をしていて、誰の救いになっているかというのなら、わたし自身の救いになっているんだわ、きっと）

わたしはそう思う。

何かをしている、ということが間違いなくわたしの自信になっている。

◆◆◆

わたしとバルトルが結婚して、もう二年近くが経つ。

結婚の話が出てから伸ばし始めた髪はもう大分長くなって、肩甲骨の辺りまで届くようになっていた。

バルトルはずっと変わらず魔道具士として忙しく過ごし、わたしはというと、国王陛下に命じられて、魔力の糸を作るようになった。

特にバルトルは、最近は大規模な魔道具の修繕に入ることになってしまって、相当忙しそうにしている。招集にはレックス様の姿もあり、なぜだかバルトルに懐いているらしいレックス様は何かとバルトルにちょっかいを出してくるようで、バルトルは「なんでアイツは僕につきまとうんだよ」というような愚痴をまま零していた。

わたしはわたしで、それなりに忙しい。国王陛下からお話があった魔力の糸の受注……は、想像以上に量が多かった。

（……わたし、そんなにたくさん、魔力の糸を作ってきていたのかしら？）

離れにいたころは、他にやることもなかったから――そうだったかもしれない。

夜遅くバルトルが帰宅してからも、居間で糸を紡ぎ続けるわたしを見るなり、バルトルは少し片眉をゆがめながら、わたしに声をかける。

「こんなに作って疲れないの？　本当に？」

「身体に疲れはありませんね。でも、気持ちがちょっと……」

へえ、とバルトルは目を大きくする。

「意外。君でもそんなこと言うんだ？」

言いながら、バルトルはソファに座り込む。

「大抵のことは仕事になるとダメになるんだ。君でもそう思うんだね」

「糸を紡ぐのだったらいくらでもできると思っていたんですけどね」

ふふ、と笑い合う。

「バルトルこそ。お仕事だとしても、魔道具がいじれるのなら充実しているのかと思っていました」

「充実、って言い方なら充実しているけどさ。やっぱり仕事は違うよ」

そうは言うけれど、バルトルは仕事にもやりがいを感じているはずだ。バルトルは魔道具の改良で得た特許による収入がある。もう働かなくても、贅沢をしなければ一生暮らしていけるほどのお金は得ている。バルトルが仕事として魔道具士をやっているのは、金銭以上のやりがいを感じているからに違いない。

それでも、最近の顔色にはかなり疲れが窺えるが。

「……ん？　どうかした？」

「いいえ。バルトルも忙しそうですね」

「ああ。異界の導き手本人でもない限り、あんなもん直せないよ」

バルトルは今、国が所有する大型魔道具——水質循環システムの修繕に臨んでいるらしい。異界の導き手がそれを作ってから、もう二〇〇年以上も経つ。それまではなんとなくだましだましメンテナンスをして使ってきたそうだけれど、そろそろ根幹部にガタが来ているとかで……。

「オーバースペック、ってやつだよ。僕たちの時代までに魔道具の技術は進歩するどころかずっと退化してきているんだから」

はあ、とバルトルはため息をつく。

「……お疲れさまです」

「王様はいろんな魔道具士を呼びつけてるけど……無駄だよ、何人集めたところで、だましだましのだまし方がちょっとうまいことできるくらいだ」

バルトルはとうとうソファにごろんと横になってしまった。長い足を投げ出して、天を仰ぐ。いつの間にか、ソックスも脱いでしまっているようだった。

「バルトル、眠いならお風呂に入ってからベッドで寝ましょう？」

「うん……。僕がここで寝ちゃったらさびしい？」

バルトルの言葉にちょっと驚く。一緒にベッドで寝てほしい、と言ったわけではなかったのだけれど――。

「さびしいから、ちゃんと一緒に寝ましょうね」

「君をさびしがらせるわけにはいかない。しょうがない、頑張るよ」

バルトルがソファから復活してくれたのでよしとする。一緒に眠れたほうが嬉しいのは、本当なのだし。

「お風呂も一緒に入る？」

「はい、いいですよ」

「えっ」

わたしの返事が予想外だったのか、バルトルは目を丸くする。

「ごめん、ちょっと冗談だった。すぐ入ってくるから、先に部屋に行って待ってて！」

わたしはわたしで、バルトルの反応が少し予想外だった。全然気にしないでニコニコしながら「じゃあ一緒に入ろうか」か、「冗談だよ」って余裕そうに笑うかのどちらかかと思ったのに。

（ちょっとかわいい……）

バルトルの入浴時間はいつも短い、言葉通り、すぐ戻ってくるのだろう。

わたしはバルトルと二人の寝室に行って、先にベッドに潜り込んで彼が来るのを待った。

バルトルは国の命令で大型魔道具の修繕に駆り出されていて、わたしは魔力の糸の生成に追われていて、なかなか二人の時間を確保できない。

だから、わたしはこの夜の時間が好きだった。この時間は、バルトルと二人でゆっくりとお話ができる唯一の時間だったから。

◆◆◆

「……なんだか最近、炊き出しに並ばれる方が増えていますね……」

鍋をかき混ぜながら、炊き出しが始まるのを待つ人の列を見る。一番後ろが見えないくらい、長い列になっていた。隣で器の支度をしていたマーサさんが「ああ」と言いながら目を細めた。

「そうなんだよね。ほらさ、最近増税があったもんだから、みんな一食分だけでも浮かそうとしてるのさ。ほら、それなりにきれいなべべ着てる人らも多いだろ？」

マーサさんに言われて炊き出しに並ぶ列を注視してみると、確かに生活困窮者……とまでは見えない身なりの人も多かった。

「あたしらも『アンタは別に炊き出しもらわなくても平気だろ！』とは言えないじゃない？　しょうがないんだけど、これで本当に必要な人に届かなかったらちょっとむなしいよねえ」

どうにかならないかしら、とマーサさんはため息をついた。

増税――これも、バルトルが修繕に取りかかっている大型魔道具の絡みだ。

大型魔道具、国全体の水道の水を管理しているという、水質循環システムが故障してしまったらしい。どうも、そのせいで過剰なまでに魔力の糸を消費してしまうようで、とにかく魔力の糸が足りないそうだ。

わたしが毎日コツコツと紡いでいる魔力の糸の生成依頼が絶えないのも、きっとその影響だろう。多いなあ多いなあと思っていたら、日増しに依頼される量はどんどんと増えていった。

とにかく、そのため大急ぎで大型魔道具の修繕をしなければいけない、ということで多くの魔道具士を招集しているらしく、その費用の確保のためにもお金が必要で、そんなわけで、急遽一時的にという名目で増税がなされたのだ。

「みんな言ってるよ、一時的とか言ったって、どうせうやむやにして増税したまんまでいくんだろう、って！　いやんなっちゃうわよね」

マーサさんの言い分に、苦笑で返す。前王の時代にはそういうことがよくあったらしい。いまの国王陛下に替わってからは当時より少し税率も下げられたけれど、それでも二十年前に比べると税は高いままなのだとか。そう急に変えることはできない陛下の苦悩が察せられる。

（前王の名残で不信感を抱いたままの人が多いのね。大変だわ……）

以前お会いした、まだ若い印象の陛下を頭に思い浮かべ、つい彼に同情してしまった。

「――ロレッタお姉ちゃん！」

ぼんやりしているわたしを、舌足らずな声が呼んだ。ハッとして声の方を振り向こうとすると、それよりも早く小さな手足を広げて男の子が抱きついてきていた。

「オズ。今日は早く来たのね」

「うんっ。お姉ちゃんに会いたかったの！　今日も炊き出し終わったら遊んでくれる？」

「ええ。終わるまで時間がかかると思うけど、待っていられる？」

「うんっ。おれも、手伝うね！」

「手伝うっていうならオズ、ちゃんと手を洗うんだよ！」

笑顔で張り切るオズに、マーサさんの鋭い声が飛んでくる。

「はあい。ねえねえ、手ぇ洗うの手伝ってよ」

オズはニコニコとしたままわたしのエプロンを引っ張った。二人で手洗い場まで向かう。

スラムに暮らすオズは手を洗う、という習慣がなくて、どうやって手を洗ったらいいかもわからないらしい。前に似たようなやりとりをしたときに「おれ、手なんか洗ったことないからわかんない」とあっけらかんと言われたときのことが忘れられない。

（手だけじゃなくて、どうせならお風呂に入れてあげたいくらいだけど……）

さすがに、そこまでしてやることはできない。同じような境遇の子はオズだけではないのだから。

石けんが泡立つのを面白そうにしてはしゃぐオズのつむじを見つめながら、なにかしてやれることはないだろうかと頭をひねる。

オズは物心ついたときにはスラムにいたらしい。スラムで大人に拾われたり捨てられたりを繰り返して、たくましく育ってきたそうだ。それをあっけらかんと話すのがまた胸を痛ませた。

(……バルトルもそういう感じで育ってきたのかしら)

バルトルは整った容姿をしているから、もしかしたら女の人に拾われて面倒を見てもらっていたこともあるかもなとふと思った。なんにしろ、オズも、バルトルも、今このときまで生きてこられたことが奇跡のような環境だと、スラムの話を伝え聞くたびに思う。

オズの手洗いを見届け、炊き出しの会場まで戻る。マーサさんは戻ってきたわたしたちを見て、ニコと笑ったけれど、わたしとオズが手を繋いでいるのを見ると、一瞬、厳しい眼差しをわたしに向けた。

(――『あんま深入りしないようにすんのが大事だよ』)

以前言われたその言葉を、もう一度言われたような気がした。

そっとオズの手を離したわたしを、オズは不思議そうに見上げて、ちょっと胸が痛んだ。

2．若い魔道具士二人　バルトルとレックス

さて、大型魔道具の修繕に呼ばれているバルトルだったが、修繕は困難を極めていたのだ。

国全体の水道を管理している水質循環システムが壊れてしまった。尋常ではないほどの魔力の糸を消費しなければ稼働しなくなってしまったのだ。これはかなりの一大事で、一刻も早い解決が求められる。ゆえに、多くの魔道具士がここに集められているのだが、かつて異界の導き手が作り上げたこの魔道具は、もはやオーパーツと化しており、現代の魔道具士の知識と技術では、太刀打ちできないというのが正直なところだった。

今日もただただ、構造のよくわからない巨大な魔道具を眺めて、膝を突き合わせて、ひたすらあでもない、こうでもないと話し合う作業で一日が終わる。

バルトルは魔道具が好きだし、物事を考えることが好きな部類だが、あまりに途方もないことに、徒労感を覚えてしまうのは禁じ得なかった。

この場において、唯一いきいきとしているのはこの男、レックスだけであった。

毎日目をキラキラさせながら現場を訪れ、巨大な魔道具の構造部を片っ端から確認していく作業も苦にならないらしい。作業時間が終わってぐったりとしながら帰路につく周りの魔道具士たちの

中、レックスは魔道具の管理施設内に設けられている仮眠スペースで寝泊まりをしているくらいだ。

「ようはこれを、大きな規模でこなしているのがこの水質循環システムというわけだな」

一通りの点検が終わり、集まって修繕内容について検討の話し合いをする際、レックスはおもむろに小瓶を取り出した。ガラスの小瓶には細工がしてあり、中に布、砂、木炭、砂利、小石、綿の六層が作られていた。いわゆる、ろ過器である。

「こんなもの、いつ作ってたんだ」

「初日に作業が行き詰まっていたときに、具体的なイメージがしやすいように作った。せっかくなのでみんなで共有するのもよいだろう」

飄々《ひょうひょう》とレックスは答える。レックスは泥水を入れたボトルも用意していた。

レックスは周囲の魔道具士の注目が集まったのを確認すると、泥水をろ過器に注ぎ込む。ゆっくりと時間をかけて、ぽたん、ぽたんと透明のしずくが小さな注ぎ口から落ちていく。

「水質循環システムのどこに問題があるのか、だ。魔力の糸の消費が著しく激しくなっている、負担のかかっている箇所を見つけることができれば解決に近づくだろう」

「そうだけどよ、水質循環システムはこのろ過器みたいに単純な造りじゃないし、こんなもんと見比べたところでわかるかよ……」

「わからない。だが、ひらめきのきっかけにはなるかもしれない。あと落ちてくるしずくが美しい」

真顔で淡々と言うレックスに、にわかに呆れるような空気が流れるが、魔道具士という職業の人間たちがこういう構造のものに惹かれるのは共通していた。みんな、ぽたんぽたんと落ちてくるしずくをなんとなく、集中して見守ってしまっていた。

　自身もしずくを見つめて「こういうの面白いんだよな」と思っていたバルトルだが、ふとハッとしてレックスのろ過器の各層を指差した。

「……魔道具としての構造上の不具合じゃなくて、単純に循環槽の詰まりや汚れが原因ってことはないか？」

　そのせいで生活用水として浄水するのに時間と負荷がかかっていて、それで魔力の糸の消費も激しくなっているのではないか、という仮説である。

「でもそこも目を皿にして一通り見ただろ？」

「それでも、システムを動かしたまま確認しただけだから、細かいところまでは確認できなかっただろ？　一度、システムを止めてゆっくりすみずみまで確認してみてもいいんじゃないか」

　バルトルの提案に、一同は「うーん」と首をひねらせる。

「まあ、打つ手なし、どうしたらいいやろ、ってところだから、一度試すだけ試してみるか……」

「システムを止めたら、各家庭への配水もストップするのか？」

「短時間なら貯水槽に溜まっているぶんだけで十分対応できるだろう」

「じゃあ、明日はその作業から始めてみるか……」

　だいぶ腰が重い雰囲気ではあるが、一つの案が出たことに、みんな安堵している様子だった。バルトルははあ、とため息をつく。

（僕もだけど、みんなモチベーション低いよな。……こいつ以外）

「どうした、バルトル。お前もこのろ過器が欲しいのか」

「いらないよ。見てて結構面白かったけど、欲しいんなら自分で作るよ」

「そうか。お前が作ったろ過器は興味深いな、作ったら一つくれ」

「いや、そんな何個も作らないよ！　誰もが作っても似たようなもんだろうし！」

「そうか？　お前が作れば面白い出来になりそうな気がした」

「そんなスーパーろ過器なんか作れないよ」

なぜかバルトル作のろ過器を欲しがるレックスに困惑しながらバルトルは返す。

そんなバルトルとレックスを周囲の魔道具士たちはなんだかクスクスと見ている雰囲気だった。

「おまえら仲いいなあ」

「仲良くはない！」

「そうなのか？」

「……自分で言うなよ、自分で」

冷やかしを否定するバルトルに対して、無表情で首を傾げるレックス。バルトルは、はあとため息をついた。銀に近い薄水色の長髪を束ねた涼しげなルックスであるレックスだが、少し話をすると頭が痛くなるほど、レックスは独特な——天然——男だった。

（なんでコイツは、僕に懐いている感じなんだ……？）

苦戦中の大型魔道具の修繕以上に、バルトルにとってはレックスのほうがよほど未知であった。

3. スラムへの誘い

　忙しい日々の合間の休日、今日も炊き出しの日だった。用意していた大鍋はすでに空になっていて、わたしは後片付けに追われていた。

（……月に一度の炊き出しがこれが三度目、つまり、バルトルの今携わっている魔道具の修繕もそれくらい時間がかかっているわけで……）

　よほど修繕は軌道に乗っていないのだろう。

「──ロレッタお姉ちゃん！　お姉ちゃんてば！」

「……あ、ごめんなさい。なあに、オズ？」

　物思いに耽って呆けていたわたしのそばに、小さな男の子がいつの間にか近づいてきていた。

　オズは短い黒髪の男の子で、とても食いしん坊なやんちゃさんだ。

「あのね、ロレッタお姉ちゃん！　お姉ちゃんに見せたいものがあるんだ、ついてきて！」

「ええ、どうしたの？」

　孤児の一人、オズに手を引かれる。小さくて柔らかな手が力強くわたしの手を握るのに、つい微笑ましい気持ちになってしまう。

「ねえ、オズ。どこまで行くの？」

オズはニコニコ笑いながら駆けていく。だが、教会を離れて、一心に走る彼に、わたしはふと不安になって声をかけた。

「待って、オズ、この先は……」

「こっち！　こっちだよ！　お姉ちゃんに来てほしいの！」

「オ、オズ。こっちは……」

――スラム街だ。王都に存在しているそこは明確な地域分けがされているわけではない。一つの路地を挟んで、ガラリと空気が変わるだけ。

まだ昼間だというのに、ヒヤリと肌に触れる空気が冷たくなった感覚がした。

「お姉ちゃん、ここだよ！　ぼく、ここで寝泊まりしてるんだ！」

「オズ……」

ニコニコと笑うオズは、トタンと廃材で作った小さな小屋のようなものを指さしていた。

（……こういう子たちを、保護することはできないのかしら……）

そう思うけれど、同じことをマーサさんに言ったら「あの子らはもう普通の暮らしはできないんだよ。普通の暮らしができる子はもうとっくにどうにかなってる」と諦めた眼差しで返されたことがある。

わたしは世間知らずだ。自分の考えが甘いことはわかっているけれど、なにか救いはないのかしらと思わずにはいられない。

「ねえ、オズ。見せたいものってこの……」

「――おう、オズ。連れてきてくれたみたいだな」

低いガラガラの声が頭上から響いた。聞き慣れないオラついた声に目を丸くして振り向けば、酒瓶を握った大柄の男がそこにいた。

男は一人ではなかった。複数人のガラの悪い男たちがいた。

「……オズ……っ」

わたしは慌ててオズの名前を呼ぶ。けれど、オズはニコニコと笑っていた。

「うん！　おじさんの言うとおりに連れてきたよ！　ぼく、えらい？　ねえねえ、ごほうびあるんでしょ！　ちょうだい！」

「よしよし、いい子だ。ごほうびはあとでやるから、まずはこの嬢ちゃんを捕まえちまわないとな」

「――オズ」

「ぼく、おじさんがお姉ちゃんに会いたいって言ってたから、連れてきたの！　えへへ、ぼく、えらいでしょう？　ロレッタお姉ちゃん！」

オズは欠けた歯を見せながら満面の笑みを見せる。

（逃げなくちゃ……！）

ショックを受けながらも、わたしは妙に冷えた頭でそう判断した。どうにか駆けようとする――けれど、あっという間にまた囲まれてしまう。

男たちはわたしのみなりをじろじろと見て、ぴゅうと口笛を吹いた。

「こりゃずいぶんいいとこのお嬢さんじゃないか？　まさか貴族じゃねえだろうな……着ている服も上等だし。……ああ、でも黒髪だから貴族じゃねえかあ」

「えぇ？　ガッカリなんすか？　ほんもんの貴族は色々面倒じゃないですか」

「生意気そうな貴族の女も人気あんだよ。まあ、いい、貴族じゃねえほうが売りやすいのは確かだしな」

彼らは人売り、というやつなのだろうか。オズから「最近貴族の女が教会の奉仕活動に参加している」とでも話を聞いていたのだろうか。

（……わたしも、魔力が使えたら……）

対人に魔力を発動させることは犯罪であるが、今のシチュエーションであれば正当防衛として認められるだろう。もしもわたしに魔力を扱うことができたのなら、どうにかできたかもしれないのに――。

（バルトルの言うとおり、もう少し気をつけていれば……）

子どもだから、と侮ってしまった自分を悔いる。

オズは、悪びれる様子もなかった。悪いことをしたとは一切思っていないのだろう。彼にとっては、別にコレは特別なことではないから。

マーサさんの言葉も同時にわたしの脳裏に浮かんでいた。「あの子らにはもう普通の暮らしはできない」――そうか、とわたしは身をもって体感する。

反省と後悔で胸がいっぱいになる。でも、どうにかして、とにかく逃げないとと男たちの隙を窺おうと目の前の光景を睨んだ、その瞬間――。

「――おいおい、アンタら。何やってんの？」

飄々とした男の声が響いた。

「あ――？」

大男が振り向くその前に、現れた彼の跳び蹴りが炸裂した。

「あ、兄貴！」

「おい、お嬢さん。ボーッとすんな、行くぞ！」

「えっ、あ、あの」

彼はわたしの腕を引き、この場を離れた。

スラム街を離れ、わたしたちは王都の中心街に戻ってきていた。

明るい通り、人波にまぎれ、わたしは彼に頭を下げる。

「ありがとうございました。おかげさまで助かりました……」

「まー、いいって。アンタも知っちゃいるだろうが、スラムの治安なんてろくなもんじゃねえ。そんな身なりで来ちゃダメだよ」

「はい……」

少しくすんだ、茶色に近い赤毛の彼はニコニコと笑いながら手をヒラヒラさせる。

「ところでアンタはどこのお嬢さ……ん？」

彼はふと目を狭め、わたしの身なりをじっと見る。

しばらくして彼はにや、と口角を上げ始めた。

「あー、なるほど」

「ど、どうかされましたか？」

「なるほど、アンタがバルトルのアレってわけね」

赤毛の彼の口からよく知る名前が出てきて、わたしは思わず目を丸くする。

「あの、もしかして、バルトルのお知り合い……」

「まあな。ふうん、なるほど、なるほど」

上から下まで舐めるように見られて、ついわずかに後ずさってしまう。

「何もとって喰いやしねえよ、そんなことでもしたらアイツに何されるか……」

「す、すみません」

助けてくださった人に対して失礼だったかしら、とそう言えば、「いいよいいよ」と気安く答えた。

「いいとこのお嬢さんならお礼になんかもらお♡って思ってたけどバルトルのツレならしょうがねえな」

「あの……失礼ですが、あなたは……」

「名乗るような名前はねえよ。じゃあな」

そう言って彼は本当に名乗らず、足早にどこかに行ってしまった。

◆◆◆

迎えたその日の夜。わたしはバルトルが帰ってくるまでそわそわとして過ごした。

そして、バルトルが夜も遅い時間に帰ってくるなり、迷わずわたしはバルトルに頭を下げた。

「ごめんなさい。心配していただいていたのに、わたし、今日スラムに足を踏み入れてしまって」

「──は!?　なんで、どうして、大丈夫だった!?」

「は、はい。ええと、大丈夫でした」

疑問符でいっぱいになっているらしいバルトルに、ひとまず身の無事を伝える。バルトルは少し落ち着いたようで、はあとため息をつきながらソファに座り直した。

「……教会に来ていた孤児の一人に手を引かれて……どこに行くんだろうと思ったら、スラム街で、気づいたときには……」

「なに？　その子にだまされたの？」

あからさまにバルトルの声は不機嫌そうだった。

「いいえ！　その子は、よくわかっていなくて大人にだまされただけだと……」

バルトルは大きくかぶりを振る。

「どうだろうな。幼いからといって、物の道理をわかっていないわけじゃない。君の目で無垢に見えていてもそうじゃないと思っていたほうがいい。……今、説教をしても遅いけど」

「……すみません」

「おおかた、スラムのよからぬ輩に囲まれたんだろう？　よく無事で逃げられたね」

「はい。そのとき、助けにきてくれた方がいて……」

「重ね重ね、無事でよかったよ。ソイツもグルで、安心した君を悠々とさらってどこぞに売り飛ばしていたかもしれない」

「……」

そんな。と思うけれど、そこで暮らしてきたバルトルが言うのだから、そうなのだろう。わたしは黙って、真剣にバルトルの目を見つめ返した。

「スラムにそんなマトモなやつがいるとはな。にわかには信じがたいが……」

バルトルは顎をさすりながら、眉根を寄せる。

「ほ、本当です！　赤褐色の髪の方で……細身でしたが、とてもお強い方で、悪漢に囲まれていたわたしを助けて連れ出してくださって……」

「……待って、赤褐色？　細身？　背は高かった？」

「は、はい。バルトルほどではないですが、高い方だったかと」

「……顔は見た？　顔にそばかすは？」

「え、ええ。帽子を被っていたのでよく見えませんでしたが、鼻にそばかすはあったかと……。あっ」

ここでわたしは今更思い出す。

「そうです、その方、バルトルの知り合いのようでした！　わたしの身なりを見て、『アンタがバルトルの？』とおっしゃっていました」

「……マジか……」

バルトルは顔を手で覆って、うなだれる。

「あ、あの、バルトル」

「君の無事はよくわかった。……クソッ、無事でよかったが、アイツか……。なんか言われなかった？」

ちょっと前のめりに聞かれてわたしはたじろぐ。

「いいえ、なにも。お名前も教えてくださらず……」

「……そう、それならいいんだけど」

バルトルは複雑そうな表情のままだけれど、ひとまず引き下がったようだ。

「……すみません。バルトルは気をつけろ、と再三言ってくれていたのに」

「事故みたいなものだろ、もう起きたことだ。しょうがない。……今日あったことは、君が参加してるっていう炊き出しをやっている人たちには情報共有して、君はもうそういうのに参加するのはやめること。一人で街に出るのもしばらく控えた方がいい」

「……そうですね」

今日の出来事はマーサさんにはすでに伝えてある。マーサさんはけしてわたしを叱ったりはしなかったけれど、頭を抱えていた。

なんでも、今までも大人の男性が炊き出しに参加する若い女性に関係を迫る事例や、スラム街に引き込もうとする事例はあったらしい。そのたびに対策を講じて、炊き出しには警備員も常駐して行われることになったそうだけれど、「子どもは盲点だった」とのことだ。

（……よくない前例を作ってしまった）

うつむくわたしの頭を、バルトルがぽんぽんと軽くたたく。

「そう暗い顔するなよ。君はちょっとうかつだったけど、君が悪いことをしたわけじゃないんだから」

「バルトル……。……はい」

「今回のことは運が悪かった。そして、君が無事だったのは運が良かった。今後はとにかくもっと気をつけて」

バルトルの言に深く頷く。

「君を束縛するようなことはしたくなかったんだけど、しょうがない。しばらくの間は我慢してくれる？」

「はい、もちろんです」

「君を守ってくれるような護衛役の男でも雇おうか……。はあ、仕事なんて辞めて僕がつきっきりでいようかな」

「そ、それはやりすぎです」

主に後者の発言に対して言う。バルトルははあ、とため息を重ねた。

「今、本格的に修繕がどん詰まりでさ、あの魔道具に触れれば触れるほど自分の才能とおつむのなさに嫌になってきてるんだよね……ずっと目をキラキラさせているのはあの変態だけだ」

「へ、へんたい？」

いつになく自分を過小評価するバルトルに驚きつつ、わたしはつい特定の単語が気になってしまった。

「レックス・クラフトだよ。ずっと元気なのはアイツだけだ。もうアイツ一人に任せておけばいいんじゃないかな……十年後くらいにはなんとかなってないかな」

「で、でも、きっと修繕は急ぎなのでしょう？　バルトルやレックス様以外にも多くの魔道具士が集められているんですよね……？」

「そうだよ。でも、みんなで顔見合わせて『わからん』『何もわからん』って言い合ってるだけだからさ……はあ」

「……あなたが魔道具のことでそんな風になることがあるんですね」

「そんなことだらけだよ！　僕は異界の導き手ってやつのことになったら――いやこれは話が長くなるからやめよう。君の話題から離れるにしてももう少し楽しい話題にしよう。今日、家に帰る途中に流れ星を見た」

「まあ、そうなんですね！　わたしは家にいたから気づきませんでした」

「そっか、残念。同じ物を見られていたら嬉しかったんだが」

クス、とバルトルは肩をすくめて笑う。

そのまま、わたしたち二人はとりとめのないことを話し合いながら眠りについた。

◆◆◆

カランカランと、来客を知らせる鐘の音が鳴る。

カウンターでいたずらにグラスを拭いていたジェイソンは、音に反応してふと顔をあげる。階段を下りる靴の音、しばらくして見慣れた旧友が現れた。

「おい、ジェイソン。君、僕の奥さんに会ったらしいな」

「なんだ、珍しく顔出したと思ったらそれかあ！　オレの方から会いに行ってやろうと思ってたんだけどな～？」

「だろうな！　だからこっちから来た！」

バルトルは無遠慮にカウンターチェアに座り、ジェイソンを睨む。

ジェイソンは両手を広げて笑って見せた。

「別になんにも脅しやしねえよ、なんにも言ってねえし。旧友の奥さんになんかするわけもねえし」

「スラムの男は何も信用できない」

「お前もな〜」

バルトルはチッと舌打ちする。

「……お前、見かけは王子様みたいなのになあ。どうあがいてもスラム育ちだよな」

「事実そうだからな」

肩をすくめて呆れるジェイソンに対して、バルトルは腰に手をやりながら答える。

ジェイソンはカウンターに肘をつきながら、ニヤニヤとバルトルに語りかけた。

「お前に頼まれてあの子のこと調べてたことあるじゃん？　だからさあ、顔見てなんとなくほーん、と思って、でもってあの身なりのよさは成金、つまりはお前の嫁だなあとピンときたワケ」

「本当か？　お前《情報屋》のことだから、僕の屋敷まで来て盗み見てたのかと思った」

「いやいや！　オレ、お前がちゃんと連れてきて紹介してくれるのを大人しく待ってたから！　かわいい子だよな、胸おっきかったし！」

「だからお前には会わせたくなかったんだよ、そういうこと言うから」

「安心しろよ、オレの好みはもうちょっと大人っぽい感じの子だから」

はあ、とため息をついて、バルトルは額を押さえる。

「……最近はどうなんだ、この辺は」

「まあ、そう変わんねえっちゃ変わんねえけど……。人は減ったかな、死んだから」

「ふうん……」

「なんだ、気になるのか？」

「ろくでもないところだけど、僕にとってはここがあったから、生き残れたって側面もある。親のない子たちにとっては、ここが最後の砦でもあるだろ」

「物は言いようだよな～」

ジェイソンは一人、酒瓶を煽る。

「……本来であれば、国が最後の砦を果たすべきだろ？　今の王様になってから、身寄りのない子への支援は前よりゃ手厚くはなったらしいが、結局どん詰まりの奴らにまでは手が届いてねえってのがうちの国の現状なわけだ」

「……そうだな」

「バルトル、王様と仲良くなかったっけ？」

「仲いいわけじゃないよ、一方的に気に入られてるだけで」

まあ、それはどうでもいいんだけどよ、と言いながらジェイソンは、手元にあった豆菓子をつまみながら笑う。

「もしかしたら前より余裕は無くなったかな。ギスギスしてるってか。まー、和やかなスラム街とか何事だよって感じだけどよ！」

スッと目を細め、ジェイソンは意味深にバルトルの目を覗き込む。

「オレもお前も、今のスラムだったらこの年まで生き抜いてないかもな？　って、そんなくらいかな？」

「そうか……ありがとう」

「なんか、思うところがあんのかよ。バルトル」

「なんとなく……最近、よくない方に世の中が動いていってるような気がして」

「そんなに世の中を変えたいって奴だったけ、お前」

「正義感めいた話じゃないよ。誰だって今よりも良い方になったら嬉しいだろ」

「ふーん」

ジェイソンはバルトルの返答には大して興味なさげに鼻を鳴らして答える。

「……まっ、平民たちの貴族たちへの反感が大きくなってきてるのは確かだな。キナくせえ話も聞く。なんでも、テロの呼びかけしてるやつとか……まっ、どうせ本気でやりはしねーだろうけど。気をつけろよ？　お貴族サマ？」

暗いカウンターの中で、ジェイソンはニッと歯を見せて笑った。

二章　少しの休息と

1．アーバン家の姉妹

先日の炊き出しでの事件からしばらく。

わたしは家で魔力の糸を紡ぐのに専念していた。バルトルは引き続き、王宮に通い、王宮が管理している魔道具の修繕に精を出している。

「ずっと家にいるのも気が滅入るだろう」

と気を遣ってくれたバルトルは、マダム・ルリーナ宅でのお茶会を取り計らってくれた。

「久しぶりね、また会えてうれしいわ」

「わたしこそ、光栄です。ルリーナ様」

相変わらずセシリーは、せっかく元雇用主に会うチャンスなのに「わたくしはいいです〜！」と猛抵抗で一緒にきてはくれなかったけれど……。いつか二人がお話ししているところも見てみたい気がする。きっと、一緒にいたときはいい関係だったのだと思うのだけど……。

今日のお茶会はバルトルは欠席だ。僕がいないほうが落ち着けるだろう、とのことで。相変わらず仕事が忙しいせいもあるけれど。

「ところで、最近、あなたの……アーバン家のお話なのだけれど、あなたの耳には入っている？」

歓談するなか、ふとルリーナ様が切り出す。わたしのかつての家族の話。

胸に少し重いものを感じながら、わたしは首を振る。

「いいえ、一度陛下からわたしが継ぐかの確認をされましたが、それ以降のことは……」

「そう……。アーバン家の領地自体は、あなたの親戚がいくつか分担して引き継ぐことになったようだから、一応、領民たちの暮らしぶりは心配いらないようよ」

「は、はい。そこまではなんとなく伺っております」

父は政の類いをほとんど外注していたので、不幸中の幸いというべきか、引き継ぎはとてもスムーズに行えたと聞く。

「……あなたの妹が最近、わたくしの家の近くに越してきたのよ」

「えっ？」

「アーバン家のお屋敷でしばらくは過ごしていたそうだけど……居心地が悪くなったのか、代わりに家を継いだ親戚との関係が悪くなったのか、そこまではわからないけれど、とにかくお屋敷を飛び出して、この辺りで売り出されていた家を買ったみたいね」

「そう……なのですね」

ルリーナ様のお話に驚きを禁じ得ないまま、わたしは小さい声で相槌を打つ。

「もう古くて、買い手もなかなかつかなかったような家を安く買ったみたいで。越してきたきり、どうしているのか話も聞かないし少し心配なのよね」

「……」

「そう……。あなたの耳に入っていないなら、あなたや、彼女が婚約していたっていうクラフト家の次男坊にも連絡は取っていないのね。今度、私が様子を見てきましょうか」

「あ、ありがとうございます」

ルネッタが家を出た、そして今はおそらく、新しく買ったという家に一人で暮らしている。

ルネッタは大丈夫だろうか。わたしが言うのもなんだけれど、ルネッタは――いままで甘やかされて育ってきた。使用人の一人もつかず、ちゃんと生活できているのだろうか。


――妹ルネッタがかつての婚約者、レックス様から受け取った慰謝料を頼りに家を出て行っていた。

帰りの馬車に揺られて、車窓から外をのぞきながら、物思いに耽る。

(わたしにとってのルネッタは……間違いなく、妹だったわ)

ルネッタはそうとは思っていなかったとしても。

金色の豊かな髪、誰からも愛されて育った愛らしさ。彼女が伸び伸びと育つ姿はわたしの憧れであると同時に、わたしにとっても喜ばしいものだった。わたしに甘えて頼ってくれたことは、離れで暮らすわたしにとっては生きる支えにも似たものだった。

(……『不貞の子』と呼ばれてきたわたしが、人を優しく思う気持ちを保っていられたのは、あの子がいたから)

ルネッタにとっては――それらは、単にわたしの力を利用するためのものだったけれど、真相はさておき、わたしにとっては、ルネッタの存在は救いだった。

「……ごめんなさい、少し、寄り道してもらってもいい？」

わたしは御者にそう声をかける。

少し難色を示されたけれど、人のいい御者はお願いを聞いてくれた。あの事件以来、ついてくれている護衛役も承諾してくれた。


──ルネッタに会いに行こう。

わたしはそう決意した。

◆◆◆

ルリーナ様のお住まいの近くにあるという、ルネッタが買ったお屋敷はとても小さなものだった。

庭は手入れされておらず、草が生えっぱなしの状態。

私はまず、木製のドアをノックした。

反応はない。

一拍置いて、わたしはもう一度ドアをノックする。それでも、反応はなく静かなままで、これ以上この場にいることを、わずかに躊躇する。

（でも……）

今日という日を諦めたら、もう彼女には会えない気がして、わたしはもう一度木の扉を叩いた。

「ルネッタ？　いないの？　いたら返事をして――」


「――うるさいわね、何度も何度も――」


少しイラついた声と共に、ギイイと錆の音を立てながら、扉は開かれた。

「……！　お姉様」

扉を開けてすぐ、わたしと目が合うとルネッタはキレイな茶色の瞳を見開いた。お母様と同じキレイな目の色。

ルネッタはしばらく眉を寄せて、戸惑いがちにわたしを見ていたけれどやがてため息をつくと、皮肉げに口角を上げた。

「なによ、私のこと、バカにしにきたの」

「ルネッタ、わたしは……」

ルネッタは扉を閉じようとする。慌ててそれを引き留めようとして、わたしは扉に指を挟まれた。

「いたっ」

「……ああもう、何をしているのよ！　相変わらずドジね、お姉様！」

思わず声を上げると、ルネッタはバンと勢いよく扉を開き、わたしの赤くなった指と、わたしの顔を交互に見た。

「……何しに来たのよ」

「い、今、どうしているのかなって……」

「……暮らしていくだけのお金くらいあるわよ」

ふん、とルネッタは鼻を鳴らす。

「でも、それを使い切ったらどうするの？　ずっとこの家に閉じこもっているつもり？」

「お金がなくなったら、別に……。そこで死ねばいいだけでしょ」

「――ルネッタ」

あまりにもひどい言い草に思わず目をむく。

ルネッタはハッ、と自嘲気味に笑うばかりだった。

わたしはふと、ルネッタの背のうしろに広がる家の中の惨状に気がつく。

元々、古い家だったという。それを手入れしないまま買い上げて、暮らし始めたのだろう。そこらじゅう埃まみれで蜘蛛の巣が張っている箇所もあった。

「ルネッタ。お掃除しましょう」

「な、なによ。放っておいてよ」

「だって、こんな汚いところで暮らしていたら病気になってしまうわ。掃除道具は何もないの？」

「……なあに？　お姉様が掃除してくれるっていうの？」

「ええ。だから、お家の中に入れてちょうだい。こんなものを見たらこのままじゃ帰れないわ」

ルネッタは渋々という様子で承知したようだった。家に入ってすぐ、部屋の隅に掃除道具が壁に

立てかけるように置かれているのに気づく。

「なんだ。ほうきもモップもあるじゃない。本当は自分でやるつもりだったの？」

「うるさいわね！　いいでしょ、別に！」

見たところ、家財道具はベッドとタンスが一つ置いてあるくらいだから掃除もしやすそうだ。

ルネッタはきっと、本当は自分でなんとかできると思って掃除道具は用意したのだろう。けれど、どうしていいのかわからなくてそのまま——今日までに至っていたのだろう。

（ベッドのシーツも干してあげたいわ、お庭は草がぼうぼうだったけど……）

ルネッタはむっつりとした表情で立ち尽くしていた。

着ている服もかつて着ていたような華美なものではなくて、質素な動きやすそうなドレスに変わっていた。けれど、髪の毛だけはわたしの記憶のまま、きれいなきれいなブロンドだ。

わたしは離れにいた間は部屋の掃除も一人でしていたから、これくらいの掃除ならできる。

「……いいわよね、お姉様は。幸せになっちゃったんですもの。素敵な人と結婚して、散々だった家とも縁が切れて。ああ、うらやましい」

「ルネッタ……」

「落ちぶれた私のことをバカにしにきたんでしょう？　ちょっと優しくしてみせて、上から私を見下ろしにきたんでしょう？」

「ルネッタ、違うわ。わたしは……」

わたしの言うことなんて聞きたくない、とばかりにルネッタはイヤイヤと首を振る。そして、わあっと泣きながら、顔を覆った。

「私だって、こんな……！　でも！　だって、お父様は魔力もお金もなくなって、平民落ちして、今じゃもう何をしているのかもわからないし！　お母様は魔力で暴行と放火を働いたとかで捕まっちゃうし、手紙を送ってもなんにも返してくれないし……！　あの家に残ってたら変な好色じいさんに嫁がされそうになるし……！」

「そうだったの……」

ルネッタの言う好色なおじいさん——という人物にはわたしも心当たりがあった。わたしがあの家にいたときから、たびたびルネッタを嫁にしたいと文を送っていた親戚だ。

ルネッタがアーバンの屋敷から出て行ったのは、よほど彼との婚姻が嫌だったからというのが強い理由だったのだろうか。ルネッタはアーバン家の血を継がないことがわかってしまったから、あの屋敷に残り続けていても、血統主義である貴族の世界では立場が弱い。今までは本家を継ぐ娘だったから跳ね除けられてきた求婚だけれど、今のルネッタの立場では断るすべがないだろう。

ただただ自堕落に落ちてしまったわけではなくて、この家に単身で移り住んだのはルネッタの『自分の意思』での行動だったのだな、とわたしは認識を改める。

「ねえ、ルネッタ。一緒に掃除してみる？」

「なによ、掃除してくれるんじゃなかったの……」

「これからはここであなた一人で暮らすんでしょう？　ちゃんとやり方を覚えておいたほうがいいと思うの」

「別に……いいでしょ。本当に困ったら、人でも雇うわよ」

顔をうつむかせたまま、ルネッタはごにょごにょと唇を小さく動かす。

「それじゃ、いくらお金があっても足りないでしょう？　なにかで働くのなら別だけど」

「……なによ、お小言ばっかり……」

ルネッタは童女のように頬を膨らませて、シーツを剝ぎ取ったベッドマットに突っ伏した。

そんな彼女に近づいて、目線を合わせるためにそばでしゃがみ込む。

「わたしにとって、あなたはあの家で過ごす希望だったの」

「……」

「お父様も、お母様も、わたしを……家族として扱うことを拒絶していた。その中で、あなただけはわたしを『お姉様』と呼んで甘えてくれた。……それが、あなたの打算だったとしても、わたしにとっては、あなたが『お姉様』と呼んでくれたことが嬉しかった」

「なにそれ……。『不貞の子』はお姉様じゃなくて、私だったんじゃない。お母様だって、本当は私のことなんかより、お姉様のことだけが大事だったんじゃない……」

「本当はそうだったかもしれない。けど、わたしはお母様の愛情を感じられたことがなかったし、あの日の告白も……本当に愛されていたんだ、という気持ちにはなれなかったわ」

「……」

「わたしにとったら、お母様が本当は抱いていたらしい愛情よりも、あなたがわたしにくれていた偽りの愛情の方がよほど心の支えになっていた」

「なによ、お姉様……」

「ごめんなさい、今日は本当はそれだけ言いたくて来たの」

ルネッタはむくりと起き上がると、勝ち気に眉をつりあげ、わたしを睨んだ。

「──お姉様みたいなお人好しが私に憧れるのは当然よね。ふん、本当にしょうがない人」

「ルネッタ……」

「わかったわよ。これからも何度も様子を見に来られたら迷惑だから、もう少しちゃんと……頑張るわよ」

「ルネッタ！」

「そんな大きな声で名前呼ばないでよ！　馬鹿にしないで、私はお姉様とは違うの。お姉様なんかより、もっと要領よく生きてやるんだから！」

そう言ってルネッタはそっぽを向いてしまった。


……それから、またしばらくして。わたしがルリーナ様のお宅にお邪魔すると、ルネッタは電気の魔力の糸を作れることを活かして、自分で生計を立て、細々と暮らしているらしいという話を聞くことができた。

「父親がわからない……ということらしいけれど、きっと父親も貴族なのでしょうね。『電気』の魔力持ちだし、まだ若いのだから気持ちをしっかり持ってさえいれば、これから良い話がくる可能性だってあるわ」

「……はい。そうなったら、よいなと思います」

カップをソーサーに、音を立てないように置きながらわたしは答えた。

ルリーナ様はどこか遠くを見るように目を細めていらっしゃった。

「ルリーナ様は若い世代のことをよく気にかけてくださっているのですね」

「……そうね。でもなにも、その子たちのためではないの。わたくしの負い目を清算するため……という面が大きいかしら」

「……？」

彼女の言葉に、わたしは首を傾げる。

「わたくしの息子はもう一人いたのだけど……。叶わぬ恋をして駆け落ちして家を出たの。もしかしたらどこかに、わたくしが知らない孫がいるんじゃないかと思ってしまうときがある。どうしてもあなたくらいの年代の子を見ると色々と考えてしまうの」

「そうだったのですね……」

ルリーナ様はすでに家督を息子に渡している。彼は、兄の方だったのだろうか。

「――わたくしがあの時、あの子を認めてあげていれば、あの子はここにいてくれたのかしら、と今でも夢に見るわ。ふふ、お恥ずかしい話ね」

ルリーナ様は小さく首を振る。

母親と子の関係については、わたしはなんともいえない立場だけれど、母が子を想う気持ちを想像することはできた。好んで読んできた物語の中でもそれは書かれてきていたし、バルトルと一緒に街を歩くようになって、多くの親子を見てきたから。

（……お母様も、今もわたしのことを想っているのかしら……）

母は今、留置場にいるという。ルネッタの魔力継承の儀が失敗したその日、母は火の魔力を使い、人を傷つけようとして、アーバンの屋敷を燃やしかけたらしい。その罪で母は捕らえられた。

わたしは母の言う『愛情』を受け入れられなかった。母がわたしを想っていたという感情をわたしは『愛情』と認識することができなかった。そして、わたしは母と離別した。

そのこと自体に後悔はない。けれど、ふと、母は今何をしていて、何を想っているのだろうと考えるときはある。

きっとわたしと母はもう一生会うことはない。母が留置場から出てきたとしても。

母との最後の別れとなったあの日、バルトルはわたしに伺いを立てるでもなく、強引にわたしをその場から追い出した。

今になって、わかる。きっと、バルトルはわたしに『選ばせない』ようにしてくれたのだろうと。

わたしが母親を見捨てたのだと、わたしに思わせないように、あの場でわたしに選択肢を与えなかったのだろうと。

あのときのことをわたしは後悔していないし、バルトルを憎いとも思わない。

ただ、わたしは母との別れの瞬間を忘れることはないだろう。

しばらくの間、ルリーナ様との間には沈黙が続いた。互いに物思いに耽り、やがて、はあと静かなため息が小さな白い部屋に溶けていった。

「実を言うと、バルトルくんも……。息子の面影があって、それで、つい、ね」

「バルトルも……」

「あの金の髪の色も、優しそうな目元もそっくりなの。それでつい、必要以上にあの子には親切にしてしまうのよね。まあ、おいぼれのたわごとだと思ってちょうだい」

ルリーナはそう言って、穏やかに笑った。

その表情は確かに、母の顔をしていた——とわたしは思う。

(そういえばバルトルは孤児で親がわからないから……両親は貴族という可能性も、ゼロではないのよね……)

バルトルにそう言えば、「僕が貴族の血なんか引いてるわけないだろ」とシニカルに笑いながら否定されそうだけれど。

出自がどうであれ、バルトルがバルトルであることに変わりはない。

(……だから、ルリーナ様は平民の……それも違法に魔道具士の仕事をしてきたこともあるようなバルトルを重用していたのね)

ルリーナ様から理由を聞けば、むしろ納得ができた。

一体どういう縁があったのだろうかと思うことはあった。

「息子さんご夫婦とそのお子さんも、幸せに暮らしているといいですね」

「そうね。それが一番いいわ」

ルリーナ様はグリーンの美しい瞳をそっと細めて、微笑まれた。

2．バルトルの休日

朝、柔らかな日差しと小鳥の鳴き声と共に目を覚ます。

ベッドの隣で寝ていたバルトルの姿はなかった。いつものことだ。

例の仕事が始まってから、バルトルの朝は早い。

朝ご飯は一緒に食べるけれど、バルトルは朝ご飯を食べてしまえばすぐに出かけていってしまう。

わたしはベッドから降りて、セシリーを呼んだ。

セシリーの手によって、朝の身支度を済ませ、部屋を出る。

居間に入ると、ソファに座っていたバルトルがなんだかニコニコしていた。

「バルトル？　珍しいですね。いつもはもう外出の支度を調えているのに……」

怪訝そうなわたしに、バルトルはニッ、と笑みを見せる。

「今日からしばらくお休みになったよ。ようやくなんとかなりそう」

「まあ！　とうとう！」

両手を広げてみせるバルトルの胸に飛び込むようにわたしは抱きつく。

今日はゆっくりできるんだ、と言いながらバルトルはわたしの頭を撫でた。

「とはいっても、やっぱりだましだまし戦法だ。いつか本格的に壊れたときがやばいぞ」

バルトルは大きくため息をつく。

「……異界の導き手ってなんなんだろうな、本当に。僕たちはコイツが作ったもんに依存して生活してるわけだけど……もうちょっと、後のこと考えてやってくれたらよかったのに」

バルトルはぐちぐちと言う。

（いつも、異界の導き手のことになるとバルトルは愚痴っぽくなるわね）

バルトルの彼への感情は……尊敬も間違いなくあるけれど、怒りのような気持ちもあるのかしらと思う。

わたしたちは彼が作った魔道具に依存して生活している。

魔道具はとても便利なものだ。いつでもきれいな水が使え、魔力がなくとも火をつけられたり、大きなものを動かせたり。

魔道具の登場以前と以後で、生活形態がガラリと変わったという記録が残っていることはわたしも知っている。

（もしもこの世界に魔道具がなかったとしたら、わたしたちはどういう暮らしをしていたのだろう）

そんなことを夢想して、バルトルはこうして憤るのだろうか。自分たちの未来を奪われたような気持ちになるのだろうか？

わたしはこれが当たり前だと思っていたけれど、バルトルの目から見たら、今の世界の有様は不自然に見えているのかもしれない。彼はたびたび、そのようなことを口にする。

（魔道具がなかったら……）

……魔力なしの不貞の子として、今以上にわたしはつらい立場だったかもしれない。わたしは魔力の糸を紡げたから、それが貴族の生まれであること、魔力を持っていることを証明できた。でもそれは、魔力の糸が魔道具の動力となるからこそ着目されたのだ。

（……魔道具があって、魔力の糸というものがあるからわたしはバルトルと出会えたし、自分の役割も持てた。そう思ったら、やっぱり、わたし、魔道具があってよかったと思うわ）

わたしは黙って、そっとバルトルの少し冷えた手に自分の手を重ねた。

（……バルトルも、きっと）

魔道具が現れなかった『もしも』の世界を夢想したり、とんでもないものを作り上げた異界の導き手に憤りのようなものを抱えたりしていたとしても。

きっとバルトルも、魔道具がある今の世界でよかったと思っているはずだと、そう思う。

「……どうしたの？　なんだか甘えん坊みたいだ」

「二人でしばらくゆっくりできるのかと思うと嬉しくて」

素直にそう言うと、バルトルは嬉しそうに顔を綻ばせた。

「僕も。あ、でも、君は魔力の糸の受注があるんじゃない？」

「バルトルがお休みの間は少し控えておこうと思います。毎日少しずつ多めに作っておいた蓄えもありますし」

納期には余裕があるし、足りなくなれば後で頑張れば大丈夫なはずだ。

「そう？　じゃあ、しばらくは二人で一緒にいるのを一番大事に過ごそうか」

「はい」

「よかった、君がそうやって嬉しそうに笑う顔、久々に見た気がする」

　そうだろうか。でも、言われてみれば確かに、わたしがスラム街に連れ込まれてしまった事件以降、どうしてもピリピリとしてしまうことが互いに増えた気がする。

　そんな思いが頭をよぎったその瞬間、わたしの頬をバルトルが揑《こ》ねた。

「なっ、なんで」

「ん？　いや、固い顔してたから」

　びっくりして目を丸くしているとバルトルはパッと手を離して眉尻を下げながら言う。

「言ったそばからそんな顔しないで。僕、君が柔らかく笑っているところが好きなんだから」

「は、はい。すみません」

「ほら、また畏まってる」

　バルトルはクスクスと笑う。

「僕も君も、ちょっと休憩。ね？」

「……はい」

　揑ねられた頬を押さえながら、わたしは小さく頷いた。

休日を迎えたわたしたちは、早速街に出ることにした。

バルトル本人がそばについているのだから、ということで護衛はなし。二人きりで、久しぶりのデートのような感じだ。

「ロレッタ、何か見たいものはある？　君もこうしてのびのびと外を歩くのは久しぶりだろ」

「そうですね……。久しぶりだから、ゆっくり町並みを見て歩けたら、嬉しいです」

「そっか。じゃあ、噴水広場の辺りを中心に歩いて行こうか。あそこから少し歩くと結構面白そうな露店街もあるんだ、そこに行ってみよう」

「はい！」

のんびりと町中を歩いていると、街角に溜まった人たちがなにやらざわめきたてていることに気がつく。

どうしたのかしら、と思っていると、ひらりと紙切れが一枚、風に運ばれてきた。

「……あら？」

「ああ、これか」

バルトルがそれを拾いあげて目を眇める。

どうも、街の人たちが話しているのは『これ』らしい。

バルトルが手に持っているのを横から覗いてみると、大きな文字で『計画断水のお知らせ』と書かれていた。

「作業の都合上、どうしても水質循環システムを停止しないといけなくてさ。この期間のこの時間帯は水が使えなくなるんだ」

「張り紙やビラを配ってお知らせしているんですね」

「水を流すのは大丈夫。ただ水道から水が出なくなる。……まあ、不便だよな」

「でしょうね……」

断水、なんて今まで聞いたことがない。

あって当たり前のことができなくなるなんて、大きなストレスになるのは想像にたやすい。

「一応、その時間帯の注意事項と対策についてけ、今後も直前まで周知される予定だけど、いちいちそんなお知らせまともに聞いてるやつらがどれだけいるか。文句言われるだろうなあ」

なんだか遠い目でバルトルは言う。

「ただでさえ、税金上がって庶民からは反感買ってるのにな」

「老朽化した魔道具の修繕のための、一時的な増税ということでしたよね？」

ならば、バルトルが今手掛けている事業が落ち着けば、増税についてはひとまず落ち着くのではないだろうか——そう思うけれど、マーサさんも「どうせ終わっても増税したままだよ」とため息をついていたなと思い出す。

「貯蓄ができている庶民は少ないからね、今生きるためのお金が減るのはしんどいよ。今だけ耐えればいい……なんてふうにはそうそうならないよ」

「そうですか……」

どうしたらよいのかしら、と、つい眉根が寄ってしまう。

「そういうとこは君も結構お嬢様だな？　感覚が。ちなみに僕は魔道具士としての稼ぎは納税してるよ！　高額納税者だ！　貴族にさせられたんだから免除してくれるかと思い込んでたら、うっかり督促状が届いたよ！」

「そ、そうだったんですか!?」

悔しげな様子のバルトルにいささか驚く。

「意外です。バルトルは……その、お金には興味がないというか、あってもなくても、こだわりがない人かと……」

「まあそうだけどさ。でも、手元にあったものがいきなりゴソッと取られるのは嫌な気持ちにならない？」

「す、すみません。その経験がないので、ちょっとわかりません……」

「共感できないか……そうか……」

なぜだかバルトルは残念そうだった。どうしてだろう。

「なるほど。貴族であっても魔道具士としての稼ぎは納税対象、ということとは、レックス様も納税してらっしゃるんですね」

「アイツは絶対専門家に完全委託だろうな……アイツがそんな事務仕事している姿は思い浮かばない……や、僕もお金なんて余ってるから完全お任せしてるけど……」

少し失礼なことを言いながらバルトルは髪を掻く。

（……実際お金は余っているし、日々の生活を脅かすのでもないのに、稼いだ分に税がかかるのって、そんなに嫌なことかしら……？）

あまりバルトルの言うことにピンと来ないけれど、この話題を深掘りしてもお互いの価値観の違いが明確化されるだけだな、と思い、わたしはささやかな疑問は胸の中にしまい込む。

（でもきっと、バルトルが言っている方が、税を納める人たちの感覚に近いんだろうなというのはわかるわ。頑張って稼いでも、自分の手元に残らないんじゃ虚しいわよね）

街にいる人たちは、やはり計画断水のお知らせに文句を口にしていた。

集まって話し合う人たちからあまり良くない雰囲気が高まっているのを感じる。苦しい思いで納税しているのに、生活に還元されないどころか、水さえ与えられなくなるのか、というところだろうか。

（……こういうのって、どうしたらいいのかしら）

母から領地経営のノウハウは、座学の知識としては教わっていたけれど、国全体の規模となるとその事情とはまた変わってくるだろう。

一時的に減税して、庶民の生活が安定してきたら本来望ましい税額まで少しずつあげていくとか……そんな単純なやり方で解決するようなものではないのだろうか。

（とにかく、早く、今の水質循環システムの修繕が終わるといいのだけど……）

ちら、と隣を歩くバルトルを見上げながらそう思う。

そのあとはバルトルと王都のレストランでディナーを楽しんで、満足感たっぷりに帰宅した。屋敷で雇っている料理人の食事も大好きだけれど、普段とは違う味付けの料理もたまに食べると新鮮だ。

わたしはバルトルと結婚するまで外でご飯を食べるということをほとんどしてきていなくて、それを知ってからのバルトルはしばしばわたしを外食に誘うようになっていた。

バルトルはおしゃれなお店も知っているけれど、屋台や、ちょっとわかりにくい路地にあるお店もよく知っていて感心する。バルトル本人はあまり食事にこだわりはないそうだけれど、お知り合いとよく行ったりしていたのかしらと思う。

たくさん歩いてほどよい疲労感と共に眠りについて迎えた朝はなかなか気分がよかった。

さて、毎日の朝のお支度はセシリーのお仕事だ。いつもきれいにしてくれる彼女だけれど……。

「奥様の髪、癖がつきにくいんですよねぇ」

鏡台の前に座るわたしの後ろに立ち、腕を組んで小さな唇を尖らせるセシリー。

わたしの髪の毛は細く、柔らかではあるものの癖がなかなかつかなくて、時間が経つとストンと下に落ちてしまいやすい。

「ごめんなさい、苦労をさせて」

「とんでもない！　奥様、やっぱりストレートが一番お似合いですしね！」

ぶんぶんと首を振りながらもセシリーはやはり渋い顔をした。

「うーん。でもたまーにウェーブで遊べるともっといいんですけどねえ……せっかく髪も伸びて来ましたし」

「そうなの……」

ちらりとセシリーが握りしめる鉄の棒に目をやる。

この棒を熱して、髪に巻き付けることで髪に癖をつける——のだが、セシリーいわく加減が難しいとのことだ。

熱が弱すぎても癖がつかないし、かといっても強すぎても髪が傷んでしまう、と。セシリーは優しいから、わたしの髪が傷むのを嫌がった。それに、わたしの髪はまだ短いから、うっかり手を滑らせた時に地肌や首のあたりに火傷を作ってしまうかもしれない、と。

それゆえに、この鉄棒を使った髪の毛のカール作業は慎重を極めた。でも、それだけ慎重にやってもらっても、わたしの髪が癖がつきにくいせいで昼過ぎにはいつものストンとした髪に戻ってしまうのだ。

「あの、前にやってくれたじゃない。夜寝る前に髪の毛を巻いてセットしておいて、朝になったら癖がついているというやり方はダメなの？」

「アレでもいいといえばいいんですけど！　今！　その時の気分で今巻きたい！　とかあるじゃないですかあ！」

「そ、そういうものかしら？」

癖がつきにくいわたしの髪だけれど、実は寝ぐせの類ならちゃんとつくのだ。髪の乾かし方が不十分なら髪はぴょんぴょんと癖がついて跳ねたりする。

「あるんですよぉ、あと、毛先だけ癖つけたいとかあ、頭のてっぺんだけ軽さ出したいとかあ！」

セシリーは半泣きで喚く。

「わ、わかったわ。セシリー。落ち着いて」

「ドライヤーを使えって？　まあそりゃあ使えなくはないですけど！」

そんなことは言っていないのに、セシリーは勝手に一人で憤ってますますわあっ！　と嘆く。セシリーはもっとこだわりたいらしい。

どうしてあげたらよいのだろう。そう考えて、わたしはふと思いついた。

こんなことができたらいいな、を叶える夢みたいな道具といえば。

「ねえ、それこそ、『魔道具』の出番じゃない？」

「――確かに」

わたしはハッとした表情のセシリーと目配せし合う。


そして、魔道具のことなら、バルトル様だ。

「……バルトル様。そういう魔道具ってないんでしょうか？」

「ええ、髪を……なに？　セットする？　魔道具？　聞いたことないけど」

早速直談判に来たわたしたちに、バルトルはきょとんとした様子で読みかけの本を閉じた。バルトルは居間のソファで半分寝っ転がりながら読書を楽しんでいたようだ。

「ドライヤーじゃダメなの」

「小回りが利かないんですよ～！　わたくしはもう一歩先を目指したいのです」

わめくセシリーにバルトルは片眉を小さく上げる。

「セシリー。ロレッタが満足しているんなら、いいじゃないの？」

ギュンッと首をわたしに向けるセシリー。目が必死だ。

「おっ、奥様ぁ！　どうなんですか⁉」

どうなんですか、と言われても。

「ええっ」

「わたしは……セシリーが喜んでいたら嬉しいので、なんとかなったらよいかなと思いますが……」

「なるほど。じゃあ僕は君が嬉しいと嬉しいからやるしかないな」

「やったっ‼」

（なんだかまどろっこしいやりとりだったなあ）

ぴょんぴょんと小さな身体で跳ねて、全身で喜びを表現するセシリーが愛らしいから、いいか。

セシリーは素直でかわいらしい。わたしは微笑ましく感じて好きなのだけれど、ルリーナ様は確かに、こういうところは厳しく接していらっしゃったのかもしれない。

バルトルはセシリーの要望の聞き取りを始める。

あんまり具体的ではない、身振り手振りが多いセシリーの説明でも、バルトルはだいたい要点は抑えたのか、顎に手をやりながら「うん」と頷いた。

「まあ、それくらいならできるよ、多分」

「……なんと」

ふるふると身震いするセシリーに対し、バルトル様は実にあっさりとおっしゃった。

「バルトル様っ！　それはいつ！　いつできますかっ」

「わからないけど……試作品レベルなら三日あれば」

「三日！」

高い声でセシリーが叫ぶ。彼女は三日間、ずっとこのテンションのまま過ごすことになりそうな予感がする。

「あ、でも、バルトル。せっかくお仕事がおやすみなのに……」

クスリとバルトルは微笑んで、わたしの唇にちょんと人差し指をあてる。

「僕は結構こういうのが好きなんだ。貴重な休暇に、君たちのタメになるものを作れるのなら嬉しいよ」

「……」

わたしは返す言葉がパッと思い浮かばず。でもそれから。

「……久しぶりに、あなたの甘い言葉にやられた気がします」

「ええ？　それ、どういうこと？　いつも僕は君に甘いだろ」

「そ、それはそうなんですが。ちょっと不意打ち気味だったので……」

「ふうん？」

首を傾げつつバルトルは怪訝に鼻を鳴らした。

◆◆◆

それから三日。バルトルは午後の三時間を、魔道具開発のために使うようにしたらしい。午前中と昼ご飯を食べるまではわたしと一緒にのんびりして、それから庭にある工房にこもっている。

その時間はわたしは暇なので、依頼されていた魔力の糸を紡いでおいたり庭の手入れをしたりして過ごしていた。

バルトルのお休みはいつまでだったかしら、と思いながら、指先をクルクルと回して糸を紡いでいると、自室の扉を誰かがノックする音がした。

「ロレッタ。今、いい？　ちょっと試作品一号ができたんだ。試させてくれない？」

「えっ、もうできたんですか!?」

ノックした人物は、バルトルだった。目が合うと、ウインクをして『試作品』らしいそれを軽く振る。

銀色の細長い棒状のそれを見ながら、わたしは驚く。

「ああ。善は急げというだろう。セシリーにはまだ内緒な。アイツ、大騒ぎしそうだし」

それは間違いなく大はしゃぎだろう。思わずわたしは苦笑してしまう。

「わかりました。鏡台の前に座っていればいいですか？」

「ああ」

バルトルを部屋の中に招いて、わたしはいつもセシリーに髪をセットしてもらうときに座る鏡台の椅子に腰掛けた。

「じゃあ早速」

バルトルの冷たい指先が首筋に少し触れ、思わずひやっとする。

「……ロレッタ。また髪が伸びたね」

「ふふ、伸ばしていますからね」

「短かったときもかわいかったけど、今はもっとかわいいよ。このくらいの長さはなんて言うの？　セミロング？」

「そう……ですね、それくらい……でしょうか」

バルトルの手が、わたしの髪をすくいあげ、そしてさらさらと落とす。肌に触れられているわけでもないのに、妙なむずがゆさがあった。

「毎日見てるからかなあ？　普段はそう思わないのに、こうやっていざ見ると、『伸びたな』って思ってビックリするな」

「わたしも自分でそう思うときがあります」

クスクスと笑い合う。

「――髪の毛、まだ伸ばしたい？」

「え？」

突然聞かれて、きょとんと振り向くと、眉尻を下げているバルトルと目が合った。

「あ、いや。もう伸ばさなくてもいいんじゃない、とかそういう意味じゃないよ。単純に、君はもっと伸ばしたいのかなあっていうだけ」

「そうですね……。もっと、腰近くまで伸ばしたいなあとは……」

お母様とルネッタはそれくらいの長さだったから――とまでは言わず、わたしは自分の髪をすくいながら答える。

「そっか。じゃあ僕は、君の髪の毛がもっと長くなるのを待ってるね」

ニコ、と微笑みながら言われた言葉に、わたしは「あ」と思う。

（……そういえば、結婚式……。わたしが満足いくまで髪を伸ばしてからやろう、って……）

彼と結婚したその日、いわゆる初めての夜にそう言われたことをわたしは思い出す。けして、忘れていたというわけではないけれど。

バルトルは本当に、わたしが伸ばしたい長さまで髪が伸びるのを待ってくれているんだ――と改めて驚愕めいた気持ちになった。

（……バルトルは、わたしと早く式を挙げたいと……思っているのかしら……）

鏡越しにバルトルの顔を見る。バルトルはひどく愛おしげにわたしの黒い髪を見つめていた。

「よし、じゃあ、例のやつを使ってみようか。君の髪を焦がしてしまうことはないと思うけど、変な感じがしたらすぐ教えて」

「は、はい」

少しドギマギとしながら居住まいを正す。

「痛くない？」

バルトルがわたしの髪を一房とり、優しく器具で挟み込む。

「大丈夫です」

「……とはいえ、コレ、どういう使い方したらいいんだ？　セシリーが髪の毛巻くのに使うとか言ってたけど……巻いてみたらいい？」

「は、はい、それでいいと思います」

セシリーがいつもやってくれているのをたどたどしくバルトルに伝えると、バルトルはわたしの拙い説明でもなんとなく要領を得たようで、器具を使ってわたしの後ろの髪をクルクルと器用に巻いてみせてくれた。

「……えっと、それで、しばらく巻いたままにしておいて……頃合いを見て、解いてみてください」

「なるほど。……こうかな？」

髪がちょっと引っ張られている感覚が抜けて、わたしはさっと振り返る。……とはいっても、それで後ろが見えるわけはなく。

「どうなってます？」

「あ、ちゃんとクルクルになってるよ。手鏡貸して、見せてあげる」

バルトルに手鏡を手渡すと、彼はそれを鏡台の鏡に映して、わたしの髪の後ろの状態を見せてくれた。

一房だけ、たしかにクルクルとふんわり巻かれた状態になっている。

「すごい！　なってますね！」

「大丈夫？　焦げてない？」

「大丈夫だと思います。ほら」

合わせ鏡で見せてもらったのを頼りに後ろ手で探って、わたしは巻かれた髪をつまむ。ほんのりと熱くはなっているけれど、焦げて嫌な手触りになってしまったりはしていない。

「すごい。こんなにあっという間に作ってしまうなんて……」

「一応これでご飯食べてるからね」

「ふふ、そうですね」

バルトルが言うとちょっと面白い気もした。『ご飯が食べられる』程度の稼ぎではないのだけれど……。なんなら、もう働かなくてもよいくらいの財産を、彼はすでに持っている。

（やっぱり、バルトルは魔道具を作るのが好きなのね）

そう思うのと共に胸がトクトクと高鳴った。

鏡に映るバルトルは楽しそうな顔をしていた。最近は特に、疲れた表情ばかりを見ていたから……そういう顔が見られて、うれしいなと思う。

「なんだか君、ニコニコしてる」

「えっ、そ、そうですか？」

「君が嬉しそうでよかった。作った甲斐があるよ」

バルトルはそう言って笑みを深める。

（……なんだか、二人で同じようなことを思っているわ）

少し火照った頬をそっと両手で覆った。

「ちょっと調整してみて……明日、セシリーにお披露目してみよっか」

「はい！」

二人で笑い合って、ぱちんと手を打ち合った。


そして、バルトルは翌日、自宅の工房にセシリーを招いて『例の魔道具』をお披露目した。

セシリーは声をかけられたそのときから、すでに目をキラキラさせている。

バルトルは工房の机に三本ほど並べていたうちの二本を両手にそれぞれ取って、セシリーに片方を手渡した。

「……こんな感じでどうかな。小回りが利くようにボディは小さめで軽くしたつもりだけど、まず大きさはどう？」

「おおおお、いい感じです！」

「ええと、電源を入れると。内側の黒い部分が発熱するようになっているから、ここは直接触らないように気をつけて。セシリーが言っていたように、こうやって挟み込めるようにしてあるから」

バルトルは自分の髪を実際に挟み込んで実演してみせる。

セシリーは大きな目をいっぱいに潤ませて感動に打ち震えていた。

「イメージ的には、挟み込んで使うアイロンみたいな感じで作ったけど……」

「いいですねえ！」

新作魔道具を握りしめながら、セシリーはうずうずとする。

「わ、わたくし、ここで……奥様のおぐしをいじらせていただいても……？」

「どうぞ」

「やったー!!」

バルトルとわたしに承認を得るなり、セシリーは両手を大きく掲げた。

わたしは工房の椅子のひとつに座るとすぐさまセシリーはその後ろに滑り込むように駆け寄る。

見なくてもその表情はわかるような気がした。

「セシリー……お手柔らかにね」

「奥様っ、ええ、ええっ、わかっておりますともっ」

――大丈夫かな？　とはちょっと思いながら。

わたしはセシリーの感動と衝動に身を任せることにした。


小一時間が経過し、そこには元々ストレートヘアーとは思えないふわふわの髪をしたわたしと、拳をひたすらわななかせるセシリーがいた。

バルトルは「あ、終わった？」と書きかけの設計図から目を離し、わたしたち二人に近づいてくる。セシリーの『お試し』があまりにも長いから途中から、コレを作っている最中に思いついた別の魔道具の設計図に着手し始めたようだった。

「どう？　なにか他に手を加えたほうがいいところとかある？　もう少し出力上げた方がいいとか……」

無言でセシリーは首を振る。器具を握りしめ、うっとりと嘆息した。

「やあ……もう……完璧ですよぉ、これがほしくて……わたくし……」

「ようは棒を熱する手間を省くとか、うっかりやけどするリスクを減らしたい、っていうのが要《かなめ》だったんだろ？　一応コレでいい感じかな？」

挟み込む内側の部分だけ熱を持ち、髪を巻く最中に万が一肌に触れてしまっても外側の部分は熱くならないので火傷になりにくい構造になっているらしい。

これのおかげでセシリーは細かく癖をつけたい部分にも集中しやすいようだった。

（……工房に鏡はないからわからないけど、きっとわたし、すごいことになってるんでしょうね……）

お屋敷に戻って鏡を見るのが少し怖い気もした。

「まあ、後は保ちだよな。それはまた経過を見て……」

セシリーに言いながら、バルトルはちらっとわたしを見て、そしてクスッと笑った。

「……わたし、今、どうなっているんでしょう」

「うーん、お姫様か、天使かな？」

（ふわふわなんですね……）

ニコニコと答えるバルトルに苦笑で返しながらわたしはふわふわになった髪を撫でた。

「むしろ……なぜ、いままで存在していなかった……？」

いまだ感動で打ち震え続けるセシリーは魔道具を握りしめながら、天を仰ぐ。

そしてバッと勢いよく、バルトルを振り返った。

「バルトル様！　売れます！　これは売れます、間違いなく！」

ものすごい剣幕でセシリーはバルトルに迫っていた。

セシリーの興奮に反して、バルトルはきょとんとして首の後ろを掻いていた。

「ええ……そう？　それよりもさ、洗濯とか洗い物の方が大変じゃない？　僕、そういうのを自動的にやっておいてくれるようなものを作ろうかと思ってて。あと、これ作っているうちに思ったんだけど、実際に衣類を挟み込んで使えるアイロンってのも意外と実用性があるんじゃないかって思って普通にそういうのも作ろうかと――」

「――いやいやいやそれこそ生活に身近ですけど！　髪の毛をセットするのだって毎日じゃないですか！　人生の重要度にはそう遜色ないですよ！」

「そう？　僕、髪の毛どうにかしたことないけど」

「天然サラサラヘアーの人の無意識マウント～！」

セシリーがわあっと叫ぶ。

二人のやりとりは軽妙で、わたしはこの二人のやりとりを眺めているのがわりと好きだ。楽しそうでよかった。

　――そうして、試作品第一号は完成したのだった。

「ところで、コレ、なんとお呼びしたらいいですか？」

　持ち手を持って、クルクルと回して流し見しながらセシリーがバルトルに問う。

「熱ゴテでいいんじゃないの？」

「イメージ悪いからやめませんか？　処刑道具みたいですよ、熱ゴテ」

　バルトルのシンプルな呼び名に、セシリーが難色を示す。

「じゃあヘアアイロンでいいんじゃないの。アイロンみたいな感じで作ったから」

　げえっ、とセシリーは露骨に顔を歪める。

「また適当な……」

「で、でも、いいんじゃないかしら。わかりやすくて、みんな、アイロンは使ったことある人は多いでしょうし……。髪をセットするために使う髪用アイロンでヘアアイロン、って言ったらわかりやすいと思うの」

　揉める前に間に入ると、セシリーは腕を組み、ううむと唸りつつも頷いてくれた。

「なるほど。奥様がそう言うと一理ありますね……」

「セシリー、君ってさ、結構僕のことあんまり好きじゃないよな」

「そういう雑なところは結構嫌いですけど好きじゃないわけではないです」

（……これはどういう会話なんだろう？）

聞きながらわたしは首をひねる。セシリーは――バルトル様（の手先の器用さ）に対抗意識を燃やしているから、恐らくそこが出てしまうのだと思う。揚げ足をとりたくなりがちというか……。

かくして、バルトルが作り上げた魔道具・ヘアアイロンは、貴族を中心にプチヒットした。

美容会社が権利を買い上げて、新聞に広告も打ち出したようだ。

さらにバルトルは試作品を作っている段階で思いついた衣類用の挟み込んで使うアイロンも新規に作り、そちらのほうもなかなか評判がいいらしい。

「また貴族はこんな娯楽製品ばっか作ってよ」

なんて、余裕のない生活をしている平民からは文句も出たそうだけれど……。

三章　持たないもの、持つもの

1．大型魔道具修繕祝いパーティ

休日期間は終わり、バルトルはまた大型魔道具の改修に勤しむことになった。

とはいえ、すでに修繕完了のめどはついていたわけで、バルトルが通い出してまもなく、大改修は終わりを迎えた。この間、参加していた魔道具士たちの間で無礼講の打ち上げ会があったそうだ。夜も遅い時間に「僕、お酒はあんま好きじゃないんだけど」と言いながら帰ってきたバルトルがそう言っていた。好きではないけれど、弱くはないようで、翌日にはいつも通りの爽やかな表情でニコニコと「またお休みだ！　やったあ」なんて言っていたけれど。

ともあれ、そのことを記念して、国王陛下は普段は開放されていない大型魔道具の管理棟を開放し、管理棟のロビーフロアでパーティを行うことにされたらしい。

貴族、平民問わず、希望者先着順で参加者を募るお触れが出されていた。それがなかなか人々の関心を引いたのか、予定では先着順……だったけれど、急遽、参加者は抽選で決めることとなるなどした。

そんな盛り上がりをわたしは「すごいなあ」と蚊帳の外で見ているつもりだったのだけれど、どうも、修繕に協力していた魔道具士の家族は無条件で参加することが認められるそうで。

そして、魔道具士は強制参加ということで、バルトルが全身から「嫌だなあ」というオーラを出していたので、わたしは小さく手を挙げたのだった。

「じゃあ、せっかくなので」

「オーケー。退屈そうなイベントだから君が来てくれるなら助かる。ホントは人の多い場所に君を連れて行くのは嫌なんだけど……」

こんなやりとりをして、わたしは件《くだん》のパーティに参加することになった。


迎えた当日。わたしは係の人に案内されて、たどり着いた会場である管理棟をぼうっと見上げていた。

（……大型魔道具の管理棟、というだけあって、大きいわね……）

国全体の水道を管理しているという水質循環システムの魔道具。それの本体はこの建物の地下にあるらしい。地下に降りるともっと広い空間になっているのだとか。

中に入ると、先に到着していた参加者はすでに人机に並べられている軽食をつまみながら歓談を楽しんだり、施設の中を見学したりしていた。

小さな子どもはそろって床のガラス張りになっている部分から、地下を流れる大きな水道を眺めて遊んでいるようだった。おそらく、相当分厚くて丈夫なガラスなのだと思うけれど、上に立っていると不思議な気持ちになって、不安に駆られた。うっかりすり抜けて落っこちたりしたらどうしよう。だなんて。

「どうしたの？　ロレッタ」

　思わずガラスの床を凝視していたわたしの背から、バルトルが声をかける。

「あ、い、いえ、地下……って、結構深くまで掘られているんですね」

「ああ。これも異界の導き手の時代に掘ったらしいけど、よくまあこんなに掘ったよな。ほんとに何者だったんだろう」

　バルトルが遠い目をする。いつもバルトルが彼のことを語るときは、尊敬と憎しみが混ざり合ったような複雑そうな表情をしている。

「穴を掘ったのもすごいけど、下水の処理をして、きれいになった水を水道管に流して各家庭で使えるようにしてる……って言ったら、シンプルな造りのような気がするけど、これが引くほど複雑な構造で無理矢理造られててさ……」

「お、お疲れ様です」

　グチグチと言うのが長くなりそうな気がしてわたしはバルトルの言葉を途中で遮る。バルトルは少しむぅ、という顔をしたけれど、彼のことになると愚痴っぽくなる性質を自分でもわかっているのか、「ごめんね」と言ってため息をひとつだけついた。

「――ああ、バルトルさん。ここにいたんですか。すみません、水質循環の新システムの本格起動前に、準備にご協力いただきたいのですが……」

　わたしたちの会話が一段落すると、紺色の警備帽を目深に被った男がおずおずと話しかけてきた。

「ええ？　いま？　パーティが始まるってのに、なんでまた」

「パーティの最中に新システムの切り替えスイッチを押すパフォーマンスをする予定らしく……よろしくお願いします！」

「なんだそのパフォーマンス。……王様がするのかな、あの人、やりそうではあるが……しょうがないな、僕、行ってくるから、待ってて」

「わ、わかりました。行ってらっしゃい」

ブツクサと呟き、あからさまに嫌そうにバルトルは警備帽の青年と共にどこかへと行ってしまった。あの様子だと、すぐに終わらせて帰ってくるかしら、と思いながら、わたしは会場をぐるりと見回す。

わたしも軽食をいただいていようかな、と料理が並ぶ大皿に近づくと――すごい光景が目に入った。

（し、信じられないくらい料理を盛りに盛っている人がいる！　しかも、それを……みるみるうちに、食べてる……!?）

気づけば、その人に目を奪われているのはわたしだけではないようだった。少しざわざわとしながらみんなが大量に盛られた料理が目減りしていく様を見守っていた。

お顔がよく見えないほどに積まれていた料理が減っていき、ようやくお顔が見えると、思わず目が丸くなってしまった。

（レ、レックス様……）

ざわめきはいっそう大きくなっていた。

なにしろ、彼は『氷の貴公子』の異名がある美青年の侯爵次男だからだ。異名にふさわしく、顔は恐ろしいほど整っており、常に涼しげな切れ長の瞳ははっと息を呑むほどに美しい。

その彼が、大食い――いや、早食い？――パフォーマンスをしているのだから、このざわめきも、それはそうだろう。

（た、たくさん食べられる方だったんですね、レックス様）

そういえば、バルトルがなんだかうだうだ言っているときに「アイツが食べるところ見てると食欲なくすんだよな」というようなことを言っていたような。バルトルの言っていることは失礼だけれど、こういうことかと納得した。

わたしが呆然と目の前の光景を眺めていると、きれいに完食してシルクのハンカチで口元を拭うレックス様とばちんと目が合った。わたしに気がつくとレックス様は空になったお皿を給仕係に手渡してから、わたしのそばに近づいてきた。

「……ガーディア夫人。あなたも来ていたのか」

「あっ、ええと、レックス様」

「会えて嬉しい。あなたに会いたいと思っていたのだが、アイツに『家には来るな』と言われていたから」

そう言いながら腰を屈め、先ほどまで食事をとられていたとは思えないくらい鮮やかな仕草でわたしの手を取ったレックス様は、わたしを見つめた琥珀色の瞳を細める。

（……相変わらず、誤解されそうなきわどいことを仰るわ……）

バルトルがやきもち焼きなのは誰が相手でもそうだけれど、レックス様に対して特に警戒心をあらわにするのは、レックス様の言動が（他意は全くないと思うけれど）誤解を招きそうなほど直球なせいだろう。間違いなく。

「そのバルトルはどうしたんだ。このような場所であなたを放っておくのはアイツらしくないが」

「は、はい。先ほど、人に呼ばれていって……」

「そうか。では、俺が代わりに案内しよう」

わたしが言いかけた途中でレックス様はそう提案された。

「えっ？　案内？」

「一般人がここに入れる機会は少ない。この機を逃すのはおすすめしないな、ガーディア夫人」

戸惑うわたしに、レックス様は少しニヤリと笑う。

「……ええと」

レックス様の瞳がキラキラと輝いている。

「心配はいらない。俺がいればこのフロア以外の場所にも入れるはずだ。アイツが戻るまで暇だろう」

「ま、まあ暇……ではありますが……」

「よし、行こう」

なかなか強引にレックス様はわたしの手を引き、意気揚々と今日のパーティの会場となっているロビーフロアを出て行った。フロアの大扉を出るとすぐにらせん状になっている階段があった。

「別の場所にエレベーターもあるのだが、一階ごとに見て回るなら階段のほうがよいだろう」

レックス様は迷いない足取りで階段を上っていくのでわたしも後をついていく。動きやすいカジュアルなドレスを着てきてよかった。

「一階は拓けたフロアになっているが、二階よりも上は様々な部屋が目的別に配置されている。全体は四階建てだ。二階は西エリアに仮眠室がある。なかなか寝心地は良かった」

「そ、そうなんですね」

「ああ。一ヶ月ほど利用したが快適だった。実家に怒られたからそれ以上は泊まれなかったが。さすがに男女二人きりで寝台のある部屋に入るのはどうかしているから中の案内は我慢してくれ、ガーディア夫人」

「全く問題ありませんよ、レックス様」

なぜか申し訳なさそうにするレックス様に苦笑を返す。

バルトルは一回も泊まり込みはしなかったなあ、と思いながらレックス様の話を聞いた。

(……実家に、怒られる……というほどなのだから、レックス様はご実家とはそれなりによい関係……でいらっしゃるのかしら)

冷え切った関係ならば、怒られることもないだろうから。……二十代半ばにもなって怒られるというのも、なかなかだが。こう見えて、レックス様はわりとやんちゃ……とも言えるかもしれない。

やんちゃというか、自由というか。

「東エリアには資料室がある。見てみよう」

言いながら、レックス様はわたしを振り返ることなく足早に東エリアに向かう。

「時間つぶしをするならここだ。一ヶ月いても足りないほどだ」

「まあ」

実感のこもったコメントにおもわず微笑ましい気持ちになる。資料室、らしいそこには大きな本棚と、ガラスケースに入れられた……恐らく、何かの魔道具が置かれていた。

「異界の導き手の記録も残っている。そうだ、ガーディア夫人。知っているか」

「え、な、何をでしょうか」

「異界の導き手は、読み書きが不得手だったようだ」

「……そうなのですか？　でも、彼の手記が残されているのでは……」

「ああ。だが、彼の手記のオリジナルはどうも文字ではなく、絵と暗号のような記号によって書かれたもののようだ。恐らく、彼は貧しい生まれだったのではないかと言われている。彼は独自に生み出した言語に基づく記号の組み合わせで文章を書いていたらしく、本来のルールに基づく文章の読み書きは彼の人生の後期にようやく修得できたらしい。今残っている彼の手記は、彼が読み書きを修得した以降の少ない記録と、それから彼の没後に翻訳された一部だけだ」

「ということは、まだ解明されていない彼独自の言語で綴られた……魔道具の設計図や構想のメモがある？　ということですか？」

「そういうことだ。それゆえに、今回のように彼が遺した魔道具はどのようにして作られていたのか、どのような構造をしているのかが把握しきれず、修繕や同様の物を作り直す再現に手こずらされることが多々あるわけだ」

「……なるほど」

バルトルはよく彼を「無責任だ」というようなことを言うけれど……。そういった読み書きの問題も、一因になっているのだろうか？

（……一般的な読み書きの修得以前に、自分独自の言語によって文章を書いていただなんて、規格外の天才だわ。彼は、どんな人だったのかしら……）

考え込むわたしに、レックス様は優しく口元を和らげられる。

「いい顔をしているな、ガーディア夫人。知識欲とはよいものだ」

「あ、は、はい。色々と考えるのは、楽しいですね」

レックス様は無表情ではあるが、輝いた瞳からわずかに高揚感がのぞいていた。

（レックス様は……独特だけれど、悪い方ではないのよね）

涼しげな容姿から受ける印象とは違って、子どもっぽいところもあるのかしら、と思うと微笑ましく見えた。


それからも彼は各部屋の説明をしてくれて、今は一番上の階である四階に到着していた。

「ここは、動力室だ。ここがこの管理棟の要の部分だ」

四階に上がって、西エリアに位置したその部屋は中に入ると、とても拓けた空間で、銀色の壁にいくつもの配線や、何かの動力庫らしきものが設置されていたのが目に入った。

「ここが……？　ですか？」

「ああ。ちなみに、緊急時の警備システムの動力庫とメインスイッチもここだ」

「警備システム？」

なんだろう、と瞬きしているとレックス様は細かく説明してくださるようだった。

「各部屋にひとつずつ配置されたボタンがある。それを押すと警備システムが作動し、警察への通報と、地下の根幹部の閉鎖、そして任意でボタンを押した部屋にロックがかかる」

「そんなシステムをご用意してあるんですね……」

任意で……というのは、万が一、凶悪犯も一緒に閉じ込められる事態にならないようにという配慮だろうか？

「ここは我が国で最も重要な魔道具の管理施設だからな。悪用されないように厳重な警戒態勢がとられているのは当然だろう」

国内全域の水道を管理しているこの施設。……例えば、もしもここに毒などを流し込まれたら一大事だ。レックス様の言うとおり、警戒はして然るべきだろう。

「中を見てみるか、ガーディア夫人」

「えっ、い、いえ、そこまでは」

「遠慮することはない。俺はれっきとした魔道具士の資格所有者だ、開けることに問題はない。見られる機会があるのならば見ておくべきだ。警備システムは異界の導き手が作ったわけではなくて、後付けだが、しかし、それでも美しい造りをしている」

レックス様はこと魔道具に関しては、強引だ。というのは今日得たばかりの知見である。

そんな重大なシステムの動力庫を開くことに躊躇はあったが、意気揚々と銀色の四角い箱に手をかけるレックス様を止めることは叶わないだろう。わたしは少し後ろに下がった位置でレックス様を見守ることにした。

「……？　妙だな」

「どうかされたのですか？」

箱を開けたレックス様は、眉根を寄せ、低い声で呟いた。てっきり興奮した様子で「ガーディア夫人もよく見るといい」なんて言うのだと思って身構えていたのに。

レックス様は少し緊張した面持ちで、箱の中身を目を眇めて覗き込んでいた。

「動力庫に魔力の糸がない。おかしい、今朝見たときは確かにあったのに」

「今朝もごらんになっていたんですか？」

そんなにしょっちゅう見るところなのだろうか。……レックス様の趣味かしら、と少し驚く。

「ああ。見てくれ、とても美しい造りをしているんだ。このコードの配列、警備システムというだけあって、施設内のどこの部屋でスイッチが押されようとも瞬時に作動できるように無駄なく配線が」

「え、ええと、それはひとまず置いといて……。こちらも魔道具なのですよね、なので、魔力の糸で動く。魔力の糸がなければ、動かない……と」

「そうだ。ここに魔力の糸がないというのはあり得ない。これではただの箱だ。システムの待機中の消費量などたかがしれているというのに。おかしい」

警備システムの存在意義を考えれば、レックス様の言うとおりである。

「……ひとまず、わたしが糸を紡いで、それを入れておきましょうか？」

「それは――いや、そうだな、頼む」

レックス様は少し逡巡する様子を見せながらも、わたしにそう言い、厳しい眼差しで動力庫の中を見つめる。

その間にもわたしは急いで糸を紡いだ。

「俺は繰糸機《そうしき》を使わないでは糸を紡げないんだ、君の技術は助かる」

「……今はやはり、手紡ぎで糸を紡げる貴族は限られているんですね」

レックス様も古い家系で、しかも代々魔道具士の資格の所有を義務づけられているような家なのに。彼が手紡ぎでするやり方を会得していないのは少し意外だった。

「ああ。我々の世代の三世代ほど前からすでに手紡ぎの技術は廃れていっていた。人はやはり便利なほうに流れるものだ」

レックス様は淡々と肯定する。わたしの紡ぐ糸が、小さな束になってきたところで、レックス様はわたしの手を制止した。

「ガーディア夫人。ひとまずは最小限でいい。急いで会場に戻ろう。このような特別な日に、突然警備システムの動力庫に入れられた魔力の糸が消えているなど、奇怪な現象が起こるというのは嫌な予感がする」

「は、はい」

レックス様の仰ることは尤《もっと》もだ。

誰かのいたずら――であればよいのだが。

「この魔道具は、ただ動力庫に魔力の糸を入れればよいというわけではない造りをしている。まず、ここの引っかけに糸を巻き、次にこのオレンジ色の突起に巻く。その次は……」

言いながらレックス様はスルスルと動力庫にある突起部に糸を巻いていく。上から下に、左に右に、順番に糸を巻き付けていく仕組みのようだ。

家庭用に普及している魔道具は大体、動力部に魔力の糸の束を置いておけば稼働するようにできているから、見ていて新鮮ではある。

「ガーディア夫人も覚えておくとよい。何があるかわからないからな」

「はい、ありがとうございます」

そんなときなど、こないほうがいいのだけれど……。でも、実際に今、すでに何かが起き始めている気配がしていた。

「……魔力の糸の設置は完了した。念のため、今のうちに起動させて警戒を強めるよう通報だけしておくか――」

レックス様の提案に「そうですね」とわたしは相づちをうとうとした。

――そのとき、鋭い風切り音がわたしのほおを撫でた。

鈍い音と共に、レックス様はその場に倒れ込む。

「なっ……」

目を見開き、後ろを振り向く。

全身黒ずくめで、マスクをつけた男がいた。彼は鉄パイプのようなものを肩にかついでいた。先ほどの風切り音はコレだろう。

「ったく、せっかくさっき、こんなもん捨ててきたってのに、余計なことしやがって。魔道具士はみんな別室に呼びつけておいたんじゃなかったのかよ？」

マスクの男は動力庫に設置したばかりの魔力の糸をグイと引っ張りながら舌打ちをする。そしてわたしをおもむろに振り向くと、小さくため息をついた。

「……ああ、アンタは……。よく見りゃ、アンタは平民か？　アンタには悪いようにはしねえ。ただ……おとなしくしてろ」

ガスマスクごしに、鋭い目を向けられていることがわかる。わたしは言われたとおり、おとなしくしているほかなかった。

（……これから、どうなるの？　何が起きたの……？）

そのうち、この男の仲間らしき人物が現れると、床に倒れ込んだレックス様をどこかへ連れて行ってしまった。

そして、当然、警備システムの動力庫に入れたばかりの魔力の糸は無残に引きちぎられ、捨てられてしまった。

2．黒髪のわたしだから

——テロだ。

（……こんな大規模な……）

わたしは無抵抗のまま、後ろ手に縛られた。しばらくすると、同じように後ろに手を縛られた人たちがぞくぞくとこの部屋に連れてこられた。みんな、黒髪や茶髪の……平民たちばかりだ。

どうも、この建物にいた人たちは『魔力を持つ貴族たち』と『魔力のない平民たち』に分かれて閉じ込められたようだ。

わたしは黒髪の容姿から平民だろうと判断されて、平民グループのほうに分けられたみたいだった。

テロリストは貴族たちには強い反感があるけれど、同じ立場である平民には悪いようにはしない、と話していた。

「要求が受け入れられ次第解放する。時間で排泄や水分補給の手配もする」

この会場にいた全員がこの部屋に収容されたのを確認したあと、顔が見えないガスマスクをつけた男が聞き取りにくい声でそう言っていた。

要求は、減税、魔力の糸の支給量の増加、平民を見下す貴族たちの意識改革……。

（最近も増税があったわ。これが引き金になったのかしら……）

今日のこの催しは全国に通達があった。それで、今日、ここでテロを決行することとなったのだろう。

動力室を平民たちを閉じ込めておく部屋に設定したのは、『平民であれば動力を融通することはできないから』だろう。魔力がある貴族では、動力庫に魔力の糸を戻せる恐れがあるから。

この人数をまとめて収容できる部屋がここくらいしかなかったのだろうか。レックス様に見せていただいた部屋の数々は、確かに物や本、机がたくさん置かれていて、あまり広さがなかった。

（貴族……それと、魔道具士の人たちも別室に捕らえられているのかしら？　バルトルはどこにいるんだろう……）

バルトルが「偉い人に呼びつけられた」と言っていたアレもテロリストたちの嘘だったのだろうか。レックス様がそこから漏れたのは、レックス様のことだから悠然と聞き流したおかげで、嘘の誘いにかからなかったのかもしれない。

（結果としては、そのせいでレックス様は頭を殴られて倒れてしまわれたわけだけど……大丈夫かしら……）

テロリストは小型の無線を使って仲間たちと連絡を取っているようだった。その会話に、耳を澄ます。

「……ああ、こっちの部屋はみんなおとなしくしてるよ。そっちはどうだ？　……そうか。何人か暴れた奴がいるって？　被害状況は？　……そうか、魔力があるったって、喧嘩慣れしてない連中だろうからなあ、ハハッ。まあ見せしめにはちょうどいいだろう」

（……誰か、魔力を使って抵抗しようとしたけれど……抑え込まれてしまったのかしら……）

誰だかはわからないが、その誰かに同情する。

「……要求は伝わったか？　……あ？　魔道具士が地下に繋がるパスコードを吐かない……？　こっちだってそこまでやりたかねえが、それじゃあ脅しとして弱いだろ。俺たちの要求を聞かなくちゃ、メイン水道に毒を撒くってよ。この状態でそう言って脅したってしょうがねえじゃねえか。なんとかして協力させろよ」

さきほど、レックス様とお話ししていたことが現実になろうと——いや、脅し文句として使われているようだ。彼の口ぶりからしても、テロリストとしてもそれは避けたい、というのは伝わってきた。本当に最終手段なのだろう。

だが、脅しとして機能させるには実際に誰かが地下の根幹部に赴き、いつでも毒を流せるのだという状況にしていなければいけない。内部の状況を外部は完全に把握することはできないのだから、最低限の脅しとしては成立するわけだが——。

（……レックス様は、警備システムを起動させれば、警察への通報と……そして根幹部への入室がロックされると仰っていた。それならば、このタイミングで警備システムを起動、ロックがかけられれば、強硬手段で警察がこの建物に突入しても、最悪の事態は避けられることを知らせられる……のでは？）

わたしは少し薄暗い部屋を見回した。見張り役のテロリストが数人、わたしは手は拘束されているけれど、歩くことはできた。

（……この状態で、糸を紡ぐことは……できるかしら……）

指先だけを、わずかに動かす。

しゅる……とほんの少しだけ糸が出てきた感覚はしたけれど、やはりうまく指を回せなければ多くは紡げない。

（このテロリストたちは……平民たちの生活の向上を訴えるためにこうしている。だから、自分と同じ平民たちには、恩情をかけている様子がある……）

それゆえの隙に期待して、どうにか警備システムを作動させる。

不安に胸がざわついたが、やるしかない。

この状況を打破できるのは、きっと、自分しかいないのだから。


「すみません、あの、お手洗いに行きたいのですが……」

「悪いな、排泄は時間を決めて行う。女は十分後に希望者のみを連れ出すからもう少し待て」

おずおずとそう申し出てみたけれど、返事はやはり渋かった。

（……見たところ、彼らはみんな男性。個室の中にまではついてこない……ことを期待しましょう）

しばらくして、時計の長い針が十分後に到達し、テロリストは排泄希望者を募った。わたしのほかに、何人かの女性が手を挙げ、部屋の外に連れて行かれる。トイレの前までついてきたのは、二人のテロリストで、列の前後にそれぞれついていた。

「……戻るときも全員で揃って戻る。いいか、勝手なことはするなよ。あやしい真似をすれば、同じ平民とはいえ容赦はしない」

そう言って、大柄な男の一人は見せつけるように、大きな銃を構えて見せた。青い顔をした女性がひっ、と息を呑む。

(……急いで、糸を紡がないと！)

手の拘束を解かれて、個室に入るなり、わたしは大急ぎで糸を紡いだ。こんなに焦って糸を紡ぐのは初めてのことかもしれない。お仕事として受注することになってからは、頑張ってたくさん作らないと！　と意気込むことはあっても、なんだかんだ言っても、わたしにとっては糸を紡ぐ時間は、心が安らぐものであった。こんなに何かに突き動かされて手を動かすことは、初めてだ。

(……気持ちが糸の質に影響することはあるのかしら？)

――いや、粗悪なものでもいい。とにかく、今は、素早く魔力の糸を必要な量作ってしまうことが先決だ。

レックス様が動力庫に設置した糸の姿を思い浮かべる。そして、自分の手元を見て、もう少し長さが必要だ、とさらに手を早めた。

ここで、コンコンと個室の扉がノックされた。

「おい、遅いぞ。早くしろ」

「す、すみません、今すぐ……」

最後の仕上げだ、とわたしは大きく指を回した。暗い個室の中で、キラキラと糸は輝く。

わたしはようやくできあがった一束を、胸元に隠した。

「……お前はさきほども早くトイレに行きたいと言ってた奴だな。……まあ、いい。次の排泄を許可する時間は二時間後だ、いいな？」

「は、はい」

お腹が痛い人だと思われたかしら、と思いながらわたしはこくこくと頷く。そう思っていてもらったほうが、都合はいい。

ひとまずこれで糸は紡げた。あとは、動力庫にどうやってこの糸を設置するか、だ。

（ただ、糸を放り込むだけじゃダメ……。ちゃんと順番に巻き付けないと）

見張りがある中でそれをするのは難しい。しかも、手まで縛られている。

協力者が必要かもしれない。

（あまり怪しいことをしていても警戒されてしまう……どうしたら……）

テロリストたちに連れられて部屋に戻り、わたしは唇を軽く噛みながら思案した。

「……ちょっと、ねえ、あんた。ロレッタよね？」

「えっ……」

小声で話しかけられ、振り向く。

そこには、炊き出し会のリーダー的存在であるマーサさんがいた。

「さっき、トイレ行きたいって言ってたじゃない。この場面でずいぶん肝座ったこと言う娘がいるなあと思ったら、あんたなんだもん」

ちらちらとテロリストたちの様子を見ながら、マーサさんは苦笑いして言う。

「運良くこんなのに当選したかと思ったらこんな目に遭うなんてねえ……あんたは旦那が魔道具士だから、それで来たんだろ？　大丈夫？」

こんな場所で顔見知りがいたことに安堵したのか、マーサさんは小声ながらも饒舌だった。

「――マーサさん、協力してくださいませんか？」

「……え？」

きょとんとしているマーサさんにわたしは耳打ちする。マーサさんの大きな身体の陰に隠れて、目立たないように。

「……主人から、魔力の糸を預かってきています。この部屋に、警備システムの動力庫があるんです。どうにかしてそこに魔力の糸をセットすることができれば、もしかしたら、この事態を解決に導けるかも……」

マーサさんは目を見開く。「なんだって」という言葉を呑み込んだ気配がした。

マーサさんはとても頭の回転が速い人だ、アレコレ聞くことなく、静かに頷いてくれた。

「……そういうことなら、とにかく手の拘束をなんとかしなくちゃね」

そう言って、マーサさんはくるりとわたしにお尻を向けた。そして、自身の拘束された手指を使って、なんとかわたしの縄を解こうとしてくれる。

わたしの縄は、さきほどトイレに連れて行ってもらったときに一度解かれたおかげで、ほんの少し緩くなっていた。時間はかかったけれど、なんとか拘束は解かれる。

わたしはマーサさんに目だけで感謝を伝える。

あとは、なんとかテロリストの監視を、少しだけでも誤魔化せたら——。

「……ちょっと知り合いの子を泣かしてくるわ」

「えっ」

「しっ、静かに！　後でいくらでもフォローするわよ、今の状況が長引くほうがかわいそうでしょ！」

思い切ったマーサさんの発想に驚愕が禁じ得ないし、何をするつもりなのかという不安がすごいけれど、やるしかない……といえば、それはそうだ。

「知り合いの子だから大丈夫。なにも叩いたりはしないわよ、任せといて」

言うが否や、マーサさんはスルスルと人の塊の隙間を抜けて、知り合い、らしい人のところまで行き、何かやりとりをした末に——まだ赤ちゃんの、その子を泣かせた。

（あ、赤ちゃんがいたんだ……）

いままでずっと静かだったのが不思議だ。ちょうど眠っていたのだろうか。そこをマーサさんに起こされて、泣いたのか——。

「ほぎゃあ！　ほぎゃあ！」

かくして、静寂に包まれた室内に赤ちゃんの泣き声が響き渡る。

「あららかわいそうに！　泣いちゃったよ！」

マーサさんは赤ちゃんの泣き声にも負けない大声をあげて、テロリストたちの気を引いた。

「おい――」

突然のことに、テロリストだけでなく、全員が騒ぎの元を振り向く。

この隙にわたしは動力庫の方に足を進めた。

「こりゃおっぱいでも飲まなくちゃおさまんないね！　ちょっと、なんか別室に連れてってもらうか、この辺に囲いでも作ってくれるかい⁉」

マーサさんの大声が聞こえる。テロリストたちが「どうする？」と話し合っている声も。

「――おい、待て、それどころじゃない！　魔力持ちの魔道具士が暴れてるらしい！」

「はあ⁉　あいつらも縄で縛り付けてるはずだろう⁉」

「水路に続くパスコードを入力させるために連れ出したら、どうもそこで抵抗してきたらしい！銃も奪われて、救援要請だ！」

「くそ、こんなときに――」

戸惑う男たち、そしてさらに激しくなる赤ちゃんの声、テロリストの決断を煽るマーサさんの大声。状況はまさに混乱、という有様だった。

（い、今、やるしかない！）

今が最大のチャンスだ。

見張り役の男が無線に怒鳴りながら数人出て行ったのと同時に、わたしは動力庫に向き合った。

今のうちに、動力庫に魔力の糸を詰めてしまわないと……！

焦りながらも、わたしはレックス様がやっていたのを思い返しながら、慎重に動力庫の各部位に魔力の糸を巻き付けていく。上から下に、左から右に。動力庫の一番下の突起に糸を巻き付け終わると、大慌てで箱を閉めて、警備システムの通報ボタンを押した。

（あと、任意で部屋のロックをかけることもできるそうだけど、それは今はしないほうがいいわよね？）

それはどうやって選択するのだろう、と思ったけれど、よくよく見れば、何個かあるボタンに説明書きが書いてあった。そのボタンは押さずにわたしはそっと警備システムの箱から離れる。

本当に、警備システムは作動できたのだろうかと不安になるほど、何か音が出るわけでもなく、特別な目に見える変化は訪れなかった。チカチカ光ったり、警告音が鳴ったら犯罪者を刺激する可能性から、そういう仕様になっている……はずだと思うのだけれど。

不安になりながら、わたしはさきほど泣いていた赤ちゃんのほうを見る。どうやら、この部屋に集められた平民たちを輪っかのようにして立たせることで囲いを作って、授乳するということになったようだ。

事態にも気づかず、いい子にすやすや寝ていただろうに、起こしてしまって申し訳ない。

わたしは何事もなかった顔をして、『変化』が訪れるそのときを待った。

3．そのとき、バルトルは

バルトルが昏睡から目覚めたのは、『してやられた』と気がついたその後だった。

ぐるりと周りを見回す。見えるのは色とりどりの赤、水色、金色……といった頭髪のものと、見慣れた顔の魔道具士たちばかりだった。

（ここは……三階の大会議室かな？）

会議室に並べられた椅子に、みんな縛り付けられていた。それなりに多くの人が集められていることからも、間違いないだろう。この管理施設には、ロビー以外にはあまり拓けている大部屋というものはない。

「……ったく、『呼び出し』てもこねえ魔道具士がいると思ったら余計なことしてやがって……」

「なんだ、どうした？」

「どうしたもこうしたもねえ！　せっかく警備システムなんてもん起動させられる前に魔力の糸を抜いておいたってのに、なんでかしらねえが、このタイミングで動力庫のチェックしているやつがいやがったんだよ！　なんなんだ、コイツは」

まだぼんやりとしている頭で、バルトルは騒がしいやりとりをしている方に目を向けた。バルトルも他のみんなと同様に椅子にくくりつけるように縛られていたので、満足に動くのは首だけだった。

（……レックス！）

魔道具士、普通じゃしなさそうなことをする奴、という二点からそうではないかとは思ったが、男が腕からぶら下げるように運んできた長髪の男は、間違いなくレックスだった。

（……警備システムから、魔力の糸が抜かれていた……。そして、レックスが、その補充を……）

まさか、とバルトルは眉間のしわを深めた。もしかしたら、レックスはロレッタと一緒にいたかもしれない。レックスはどうも、手紡ぎで魔力の糸を紡ぐ技術は持っていないらしいから、この場で魔力の糸がないと気がついて、すぐに対応できたとするのなら、魔力の糸を紡げる彼女と一緒にいた、という可能性がある。

——バルトルは、ロビーで声をかけてきた男と、魔道具の管理システムの部屋に移動する途中、不意に口に睡眠薬を染み込ませた布を当てられ、意識を失った。とっさに、男に回し蹴りを入れたところまでは意識があった。

（くそっ、不覚すぎる）

こんなことではスラムでは一日でずたぼろになっている。自分もだいぶ平和ボケしてしまったのだろうか。バルトルはふがいなさから歯噛みした。

（ロレッタは……大丈夫か？）

そのうち、この部屋の見張り役らしい男が、無線で何やら話を始めた。

完全に聞き取れたわけではないが、どうも、ロレッタは別の部屋にいるらしい。

（なるほど、ロビーの他だと、大勢の人を詰め込んでおける部屋がないから、動力庫の部屋に平民たちは押し込まれて、そして、ロレッタはそっちに連れて行かれた、と）

男たちの話を聞く限り、彼らはこの国の政治と貴族たちに不満があるようで、平民たちはむしろ自分たちの仲間である、というような意識があるらしい。わざわざ平民と貴族、そして魔道具士で部屋を分けたのはそのためだろう。ロレッタが連れて行かれた平民グループの方は、もう少しテロリストの彼らも優しいかもしれない。そのことはバルトルを少し安心させた。ロレッタに危害が加えられたとあっては、気が気ではない。

（こっちの奴らはトイレにすら連れて行かない、って言ってたもんな。座ったまま垂れ流せ、とか最悪だ）

しかも腕も椅子にくくられているから、万が一誰かが漏らしても鼻もつまめない。バルトルは重ねて「最悪だ」と思った。

ふと、薄暗い部屋を見回すと、見知った魔道具士の何人かの顔がひどく腫れていることに気がついた。殴られでもしたのだろうか。

「……おい、お前も魔道具士だな。バルトル・ガーディアだったか」

「……」

バルトルは声は出さず、男を見上げた。バルトルを連れ出して睡眠薬を嗅がせた男とは別の男だ。

（……魔道具士か、警備を任されている誰かが内通してたのかな。この管理施設のことや今日の催

しのことをずいぶんよく知っているらしい）

いや、内通者が魔道具士であれば、『なんらかの要求をはねのけた』魔道具士らがこんなに殴られるような必要もないだろう。恐らく、内通者は魔道具士ではない。

「地下の水路に行くには特別なパスコードが必要なようだ。魔道具士しか知らされていないのだろう？　教えろ」

（なるほど、みんなはこれを断って殴られて……）

先ほど無線で別室の仲間とやりとりしているときに、少し聞こえた気もするが、確認でバルトルは男に目的を聞いてみることにした。

「地下の水路に行って何をする？」

「俺たちは今日この日、必ず要求を通したい。もしも要求が通らなければ、水路に毒を流す。だが、今のままでは水路に行けない……それでは脅しとして弱いだろう？」

（まあ、それはそうだよな）

言っている理屈はわかる。本当にそんなことをする気概があるのだろうかとバルトルは男を睨むように見上げた。目つきが生意気とでも思われたか、男は不機嫌そうに眉をひそめて、バルトルを見下ろした。

（……どうしたものかな。水路に毒を流す、なんてそんなことはもちろんさせないけど。要求……おおかた、最近の増税や、還元される魔力の糸の量が減っているとか、その辺のことだろうけど……内容の是非でなくて、テロによって要求に従う国家、という構図を作ってしまうのは、まずい

よな)

「……おい！　ソイツ、ここに連れてくるときに抵抗して回し蹴りしてきた奴だぞっ。気をつけろよ！」

「この優男に蹴られたのか？　ドジだなあ！」

「くそっ、オレもそのツラにだまされたんだよ！　こ、こいつは、あれだ、平民上がりのバルトルだ！　貴族の坊ちゃんの魔道具士扱いして気ぃ抜くなよ！」

さきほど、バルトルが意識を失う直前に蹴ったらしい男が横から茶々を入れてくる。

(くそ、油断しといてくれた方がいいのに余計なことを)

ともあれ、バルトルはしばらく、自分がこのテロリストを引きつけてはおけないだろうかと考えた。

(要求はすでに外部に伝えているはず。この管理施設は王宮の敷地に面しているから、きっと警察も建物の周囲には待機しているはずだ。ただ、犯人たちはハッタリで今も『要求を呑まなければ人質は解放しない、水路に毒を流す』くらいのことは言っているだろう。そして今、ハッタリではなくて、本当にそうできるんだぞ、という状況を得るために少し焦っている)

「……おい、どうした？　パスコードを教えるのか、教えないのか、ハッキリしろ」

教えないと言えば自分も他の人らと同じように殴られるかなあ、と思いながら、とりあえずバルトルは返事をした。

「すみません……まだ、頭がぼうっとしていて」

「ふん、この状況でのんきなものだな。そのツラひっぱたけば少しは目が覚めるか？」

乱暴だなあ、とバルトルは苦笑いをする。

「もう一度言ってやる。水路に繋がるパスコードを教えろ。そうでなければ……お前もこういう目に遭うぞ」

「……なるほど」

とっくに状況はわかっているけれど、バルトルは神妙な顔で頷いてみせる。

（……ロレッタは動力室がある部屋に閉じ込められている。そして、こいつらは同じ平民には同情的なんだ、監視の目もだいぶ甘いだろう）

どういうわけだかわからないけれど、レックスが警備システムの動力庫をいじるときにロレッタもそばにいた――のなら、もしかして、ロレッタが動くことができれば、彼女が警備システムにもう一度魔力の糸を置いて、システムを再起動させることも出来るのではないだろうか？

（そこまで彼女に頼って期待はしないけど、なんにしろ、こいつらを引きつけておければ……外にいるだろう警察連中も動けるかもしれない）

バルトルは小さく、「わかりました」と返事をした。

「ただ、パスコードは複雑で……その場で僕自身が入力をしなければ、解錠は難しいでしょう。なので、僕をここから連れ出して、地下水路に続く扉の前まで連れて行ってはもらえませんか？」

「……なんだと？」

テロリストの男は片眉をつり上げ、そして、周りにいる仲間たちと何やら話しこみ始めた。ゆっくり話し合ってくれ、と思いながらバルトルはそれを眺めるが、案外とすぐに男は「わかった」と言って、バルトルを縛る縄を外した。

椅子から解放されたバルトルだったが、すぐにまた両手を縛られ、男に縄を握られる。

「いいか、妙なことを考えるんじゃないぞ。お前は足癖が悪いようだが……抵抗を見せれば、命はないと思え」

バルトルの額に、冷たいものが当てられる。銃口だ。銃まで入手していたのか、とバルトルはわずかに眉根に力が入った。

地下水路に続く場所まで移動する際、バルトルを見張るのは二人がかりになったらしい。これはバルトルにとってはありがたいことだった。さすがに多勢に無勢では太刀打ちできないだろうが、二人までならなんとかなるだろう。

移動中は静かだった。男が持っている無線が何度かザザ、と音を鳴らしたが、男たちが会話をすることはなかった。

さて、エレベーターで一気に地下まで降りて、水路に続く扉の前まで着くのはあっという間だった。

「さあ着いたぞ、パスコードを言うんだ」

「いいえ、僕自身が入力しなければ解錠は難しいと言ったでしょう？　縄を解いてください」

「なにい？　ただ数字を入れるだけだろう？」

「いいえ、数字の入力以外にも必要な動作があるんです。僕の両手が使えなければ難しい」

男二人は顔を見合わせてどうする？　と小声でやり合った。

「……わかった。いいか、妙なことは考えるなよ」

「ええ、もちろん」

悩んだ男たちだが、バルトルの縄を解くしかないようだった。一人の男が縄を解き、その間、もう一人がずっとバルトルに銃口を向けていた。

（……こいつら、試し打ちとかしたことあるのかな。さすがに安全装置つけっぱなし、なんてことはないみたいだけど……）

やりとりをしていて、バルトルはテロリストの彼らに甘さのようなものを感じていた。本来であれば、温厚な市民たちだったのだろう。長年の前王による悪政と、最近の若い未熟な王がする突然の増税で未来への不安感を爆発させてしまっただけで。

バルトルは彼らの甘さに期待することにした。

ほどなくして、バルトルの縄が解かれる。

バルトルはロックされている扉の、パネルに向き合った。このパネルに決められた数字を、三パターン順番で入力すれば扉は開く。まず、一パターン目は普通に入力した。そのあと、バルトルは静止する。

「……おい！　どうした、次のパスコードを」

「次のパスコードを入力するのは三分後です。そうでなければ、半日の入室制限がかかります」

「は、はあ!?」

もちろん、これは大嘘である。が、彼らにバルトルの嘘を見抜く術はない。

「すみません、僕は時計を今持っていないので……時間を見ておいていただけませんか」

「……くそっ、しょうがねえな。おい、おれが見てるから、お前が銃持ってろ」

「おっ、オレか……」

しめた、とバルトルは思う。銃を握っていたほうの男が、たまたま懐中時計を持っていたようである。より慣れていなさそうな男に銃が渡った。

「……一分経ったぞ……」

まだ一分だ、バルトルはまだ動かない。男たち二人は見るからにソワソワとしていた。

バルトルは静かに待った。あともう少し、あと一分、そして何十秒、というところで、バルトルは真後ろに立って銃を向けていた男の、銃を持つ手を蹴り上げた。

「いって！」

ガランガランと音を立てて、床に銃が転がる。

「てめえ！」

時計を見ていた男が慌ててバルトルに飛びかかるが、バルトルはそれを避けて、男が体勢を崩したところ、背中を踏みつけるように蹴り落とした。

二人が怯んでいるうちに、使いはしないが、念のため銃を拾い上げて、二人にそれを見せつける。

「……くっそ、おい！　連れてった魔道具士が暴れ出した！　銃を取られた、応援頼む！」

慌てて一人が無線に救援要請を叫ぶ。それを確認してから、バルトルは自身の電気の魔力を使って、二人を軽く感電させ、意識を失わせた。

（うまくいったぞ）

これで、人質の見張りがまた数人減ることだろう。できれば、ロレッタが閉じ込められている部屋の見張りが来て欲しいが、ともあれ、後はここにやつらがやってきたら、順番にやっつけていくだけだ。そのうちにきっと状況は好転するだろう。

そして、しばらくして、バルトルは解錠パネルの近くにある、警備システムの通報装置のランプが静かに灯っていることに気づき、「よし」と一人ごちた。

4.解放、それから

そして、そう間を置かず、勢いよく扉は開かれ、ぞくぞくと防護服を着込んだ警官隊が部屋に入り込んできた。

「なっ……！」

動じるテロリストたちはあっという間に捕らえられた。

警備システムによる通報がある前から、近くに待機はしていたのだろう。テロリストは外部に要求を伝えていたのだから、そこから警察は事態は把握していたはずだ。

ただ、テロリストの脅しがあり、様子を見ていたが、警備システムがこのタイミングで作動したことは――と状況を悟り、そして突入に至った。

（よかった……）

わたしはほっと胸をなで下ろす。

「やったねえ、ロレッタ！」

マーサさんの太い腕がわたしの首に絡みつく。

「はい、ありがとうございます！　マーサさんのおかげです！」

「いいんだよ、あたしなんて、騒ぐくらいしか能がないんだからさあ！　よく思い切ったことができたね、すごいねえ、ロレッタ」

屈託のない笑顔でそう言われて、わたしは面はゆい気持ちになる。

スラム街に連れて行かれてしまうあの一件があって以来、顔を合わせていなくて、そういう気まずさはあったけれど、そんなことをみじんも感じさせないマーサさんの態度も嬉しかった。

「あの、わたし、すっかりご無沙汰していて……」

「なあにそんなしみったれた顔して！　いいかい、炊き出しが休止になったのは別にあんたのせいじゃないったら！　ずっとそう言ってるだろ！」

「マーサさん……」

察しの良いマーサさんはわたしが何を気にしているのか、何を言おうとしているのかお見通しのようだった。

「まあ、そういう気持ちになるのもわかるけどね。大丈夫だよ、少しやり方を変えてまた近いうちに再開する予定だからさ」

「は、はい。落ち着いたら……わたしもまた、お手伝いしたいです」

「ぜひとも頼むよ！　若い子がいるってだけでもハリが出るからね！」

気持ちのいい笑顔に、つられて顔が綻ぶ。

（マーサさん、本当にいい人だなあ）

わたしもこんなふうに、サッパリとした感じのいい人になりたいなと思う。

解放された人たちはこのままこの施設の中で健康観察と、事態についての聞き取りがされることになった。終わった人から、一階のメインロビーまで降りていく。

わたしは聞かれたことには当たり障りのないことを答えて、それが終わると細く息を吐き、ようやくこわばった肩を下ろしながらゆっくりと階段を下りていった。

「ロレッタ！　君がやったのか！」

メインロビーに入ってすぐに、わたしに気がついたバルトルが、興奮気味にわたしの名前を呼ぶ。

「だろうな！　君しかいないもの！　よくやった！」

バルトルはぎゅう、とわたしを抱きしめる。まだなんにも言っていないのに。

「警備システムの子機もそっとランプが点灯されたから、警備システムの復活はすぐにわかったよ」

「やっぱりそちらのほうが厳しく警戒されていたんですね？」

「ああ。魔力がある貴族も、魔道具に知識のある魔道具士もね。小便にだって連れてってくれないとか言ってた。事故が起きる前でよかったよ」

「まあ」

ジョークを言える余裕があることに、ほっとする。

「バルトルも無事でよかったです……」

「うん。あいつら、地下水路に行きたがってたみたいでさ、こういう輩に一番慣れてるのは僕だろうから、魔道具士代表で僕があいつらの相手をしようと思って。二人くらいまでなら勝てるかなって、ちょっと魔力も使ってのしちゃった」

「そうだったんですね……あ」

もしかして、と思いながらわたしはバルトルを見上げる。

「あの、なんだか慌ただしく無線が入って、見張りの人が何人か出て行ったタイミングがあったんです。それって、バルトルが暴れたから……？」

「本当？　君の役に立てたなら本望だな」

「ぶ、無事でよかったですけど、そんな危ないことをして……」

「全然！」

バルトルはニコニコと満面の笑みを浮かべる。

彼がスラムで実際どういう生活をしていたのか、わたしはその全貌を知らないけれど、やはり、相当……苦労をしてきたのかしら、と思ってしまう。あまり、喧嘩慣れしていることを当たり前みたいにはしないで欲しいが。

「……ガーディア夫人、よかった。元気そうだな」

「あっ、レックス様！」

レックス様も、聞き取りが終わったのか、メインロビーにいつの間にかやってきていた。

「あなたは殴られなかったんだな、心配していた」

「ありがとうございます。レックス様、ぶたれた頭は大丈夫だったんですか？」

「ああ、しばらく昏睡していたようだが、いまは意識もハッキリしている」

レックス様はゆっくりと頷かれる。ひとまず、お元気そうで安心した。

「……あなたが、動力庫にもう一度魔力の糸を戻してくれたんだな、ありがとう」

「そ、そんな。レックス様が一度やり方を見せてくださったおかげです。ありがとうございました」

「やっぱり、二人で一緒にいたんだな」

バルトルは少し顔をしかめながらわたしとレックス様を見やった。

「どうした、バルトル。苦い顔をしている。みすみすテロリストの嘘にだまされた自分のふがいなさを猛省でもしてるのか」

「うるさいな！　してるよそりゃ！　なんでお前はくぐり抜けてロレッタとのんびり管理棟見学ツアーなんてやってたんだい！」

「俺は誰からも声をかけられなかっただけだ」

「嘘だろ!?」

なぜか胸を張るレックス様に、バルトルは肩を落としたまま、はあとため息をつく。

「ああ、まあ、うん、君が警備システムの動力庫をロレッタと一緒に見てくれていたおかげで、ロレッタが動力庫に魔力の糸を戻せたわけだから、まあ、ありがとう。……ありがとうなのか？　コレ」

バルトルは視線を彷徨わせながら言う。多分、バルトルはそれなりに頑張って言ってやったぞ、というお礼の言葉だったのだろうけれど、レックス様はあまりピンときていない様子だった。不思議そうな表情をしていたレックス様だけれど、バルトルの言葉がここから続かないのをみて、少し和らげた様子で口を開いた。

「バルトル、また次の仕事場で会おう」

「ああ、会いたいわけじゃないけど、王都で魔道具士をやってるならどうせまた鉢合わせるよな。あんまりとんちんかんなことばっか言わないでくれよ」

「？　俺は常に正しいことしか言わない」

「そういうとこだよ！　お前の喋ることにどれくらい真面目に対応すればいいのか、適当に返してやってればいいのか、わかんないのが疲れるんだ、僕は！」

「そうか。お前は仕事はできるが、妙な奴だな」

首を傾げながら、レックス様は場を離れた。

(傍目から見ると、結構仲良さそうなんだけどな)

その背を見送ってから、そっとバルトルがわたしに手を差し出した。

「――ロレッタ。僕たちもそろそろ帰ろうか」

差し出された手を取り、この日はバルトルと二人で手を繋いで家まで帰った。

◆◆◆

翌日。バルトルは再び、例の大型魔道具の管理施設に呼び出されていた。

あんな事件があったので、万が一、テロリストたちの手によってなんらかの細工が施されていないかのチェックのためだ。

「今日は僕だけなんですか？　呼ばれた魔道具十は」

「うむ！　二人で話もしたかったしな！」

真っ赤な髪をした男——国王陛下は胸を張って豪快に笑ってみせる。バルトルはげんなりと口元を引きつらせた。

「せめてあと一人くらい呼んでおきましょうよ！　万が一があったらどうするんですか」

「悪い！　頑張ってくれ！」

横暴だ、と思いながらバルトルはがしがしと頭を掻いた。

とはいえ、彼に口答えしてどうにかなるわけでないことをバルトルはよく知っている。ため息だけついて、バルトルはとりあえず手を動かすことにした。

「……あー、晴れの舞台のつもりが、とんでもないことになったな！」

「笑い事じゃないですよ」

豪快に笑う国王に、バルトルは呆れ顔を隠さなかった。

大型魔道具の大規模修繕事業の終了パーティは、テロリストに利用されて終わった。不幸中の幸いというべきか、国王陛下が会場に到着する前に事件は起きた。あの場に国王がいたならば、もう少しややこしい事態になっていたかもしれない。

さらに幸運なことに、奇跡的に怪我人が出なかったのは、捕らえられてすぐにロレッタが行動を起こしたからだろう。

「お前の嫁さんもなかなか大胆だな、気弱そうに見えたが」

「別におとなしいとか引っ込み思案なわけではないんですよ、一人でいた時間が長かったから、慎重なだけで」

「慎重か？　むしろ豪胆だろ」

「本当に危ないことならしないと思いますよ。今回の実行犯たち、ちょっと甘さがありましたしね。『きっと大丈夫』と判断したのだと思います」

国王は目を細める。

「そうだなあ……。罪なき国民にこんなことをさせてしまって申し訳ないな」

はあ、とため息をつく赤髪の男を、バルトルは眉間にしわを寄せながら眺める。

しばらく、無言が続き、バルトルが「さてそろそろ作業に集中するか」と下を向いたところ、王の唇が動いた。

「貴族の魔力、というのは代ごとに弱まっていく傾向がある」

王の呟きにバルトルはおもむろに頷いた。

「ええ、そうらしいですね」

元々平民の出自であるバルトルには、さして関心のない事象である。貴族たちにとっては深刻な問題であることは想像にたやすいが。

「お前に修繕を依頼していた水質管理システムなどのような大規模な旧式魔道具の劣化……仕組みが完全に解明されていない旧式魔道具が壊れたら、誰も新しく作り直すことはできない」

「……現在のものほどのクオリティでなくても、いつかは今いる魔道具士が作れる範囲で新しく作り直すしかありませんね」

　バルトルは眉間にしわを寄せながら答える。

　異界の導き手がもたらした魔道具。その便利さに甘えたかつての人々。これのしわ寄せが今代以降の世代に来てしまっている。もう、あと二、三世代もすれば、旧式のままの魔道具はすべて使えなくなっているかもしれない。

　内心で、バルトルは「本当に無責任なやつだよな」ともうこの世にはいない偉人に毒づいた。

「国内全体の慢性的な魔道具士の不足、資格持ちの貴族はほとんど実務は行わないという実情」

　陛下はいま抱えている問題点を、つらつらと挙げていく。

「――これは完全におれ《王》たちの責任だが――魔力の糸が作れるという絶対的優位性にあぐらをかいて、政を怠り、平民をないがしろにする貴族たち……。こいつらをのさばるに至らせた長年に亘る雑な国家運営！　一番の問題点はここかなあ！」

　アッハッハと王は快活に笑う。

「ヤケクソですか？」

「ヤケになるしかないだろう！　親父がろくでもなかったからな！　早死にしてざまあみろだ！　おれももう少し遊んでおく時間が欲しかったが！」

「あなたもろくでなし適性高そうですよね」

「仕方がなかろう、遺伝だ！」

胸を張る陛下にバルトルは目を細めて、はあとため息をついた。

「今この国がそういう状態であるのはしょうがない。今回起きてしまった騒動も、なんとか——よい形に収まるよう祈るばかりだ」

バルトルは内心で「国王陛下が祈るだけじゃダメだろ」と思ったが、揚げ足は取らなかった。面倒だったのと、この王がこうは言いつつも苦心していることを知ってはいたからだ。

「——そういえば、こんな貴族への反感が爆発した事件が起きたんです。今度のあなたが主宰の夜会は中止ですよね」

元々行きたくなかったので中止になってほしい、という願いをこめてそう言えば、国王陛下は不敵に笑って見せた。

「何を言っているのだ。そんなことをしたら『騒動を起こせば国家は屈服するのだ』と思い込まれるだろう。夜会は予定通り開催する。お前も来い、嫁を連れてな」

「ええ……」

「ふふ、一国の王相手にそうも露骨に嫌そうな顔をするのはお前くらいのものだ。うむうむ」

ロレッタを連れて行きたくないバルトルは嫌悪感を隠さなかったが、むしろ王はそれを嬉しそうにカラカラ笑いとばして頷いた。

「——それはそうと、お前に頼みたいことがあるんだが……。お前が前に話していた仮説、あれ、証明してみたくないか？」
バルトルは眉間にしわを寄せて、王を見上げた。

四章　魔力持ちの黒髪

1．国王陛下の招き

テロ事件から数週間後。げんなりとした顔をしたバルトルがわたしに見せたのは一通の招待状だった。

「夜会……ですか」

「ああ、国王主催だ。さすがに断れない……ごめん……病欠にしようか」

「だ、大丈夫ですよ。初めて行きますから、緊張しますけど」

なぜここまでバルトルはぐったりしているのだろうか。夜会へのお誘い以上にそちらの方が気になりつつ、わたしはうなだれるバルトルの背をさする。

「うん……ありがとう。とびきりの地味な格好をして、僕たち二人、会場の壁の花に……いや、やっぱりダメだ、そんなことをして君に恥をかかせるわけには……」

「そういえば前にもそんなこと言っていましたね……」

別に壁の花でもなんでもよいのだけれど……。

「僕も腹をくくるよ。とびきり素敵なドレスを着てくれ、ロレッタ。その代わり、ずっと僕がそばにいるから」

「お、おそばにいてもらえたら心強いですが……」

ぎゅう、と両手で手を握りしめてくるバルトルの表情に困惑する。妻と共に夜会に行こうということを、こんな苦渋な決断、という様相で話す夫はこの世に他にいるだろうか。

「――パーティがあると聞いて！」

「セシリー！」

どこからともなく話を聞きつけたのか、もともと話を聞いていたのか、セシリーがババンと勢いよく現れる。

「奥様！　当日のヘアメイクセットはお任せを！　ドレスの手配もお任せを！　このセシリーが最高の仕上がりを約束いたしましょうっ！」

これ以上ないほど頼もしく、セシリーは大見得を切った。

「奥様！　今回こそはオーダーメイドドレス……行きましょう！　バルトル様、よいですよね！」

「うん、お金ならいくらでもあるよ」

「ようやく成金が役に立つときがきましたねっ」

（主人にそんなこと言えるメイドっているんだ……）

テンションが上がりまくっているセシリーに呆然とそんなことを思っているうちに、わたしはあれよあれよとセシリーの勢いに急《せ》きたてられ、気づけばドレスの仕立て依頼まで、あっという間に終わっているのだった――。

◆◆◆

初めての夜会。それも、国王主催の夜会。間違いなく、国内最大規模の夜会である。

(これだけ人が集まっているのなら、逆に注目は浴びないかもしれない)

社交界には華やかな人がもっとたくさん、数多くいるのだから。

わたしはエスコートしてくれるバルトルの腕をぎゅうと強く握った。

「前もって言っておこう。今日、君は恐らく人の前に立つことになる」

「え?」

「陛下は、このあいだの事件の解決者は君だと紹介するつもりだ」

きょとんとしてバルトルを見上げる。

バルトルの青い目がわずかに揺れながら、わたしを見つめていた。

「……どうしても好奇の目は避けられないだろう。でも、僕がそばにいるから」

「はい、わかりました」

わたしは「ああ、そうか」とほのかに悟る。

(黒髪で、魔力の糸を作れる人物がいると、公にする機会が今日なのね)

その舞台として、『事件の解決者』としてわたしのことを紹介するのが一番ふさわしいと陛下は判断なされたのだろう。

セシリーがわたしのために選んでくれた今日のドレスは、赤色だった。ふんわりとしたボリュームのあるスカートと、豪華なレースがかわいらしいデザインのものだ。

バルトルは文字通り、わたしから離れることなく、常にそばにいてくれた。若い女性から、鋭い目つきを向けられたのは恐らく勘違いではないだろう。バルトルは「貴族社会じゃ僕はモテない」というようなことをたびたび言っていたけれど、やっぱりそんなことはなかった。

「ロレッタ。なにかほしいものない？」

夜会は立食形式で長テーブルに並んだ料理をそばにいる給仕にオーダーして自由に食べられるようになっていた。

「そうですね……お腹はいっぱいになってきたので、なにかサッパリする飲み物が……」

「いいね。僕も同じものをもらおう。一緒に頼みに行こ」

ニコリと笑うバルトルは文句なしの美男子だった。えりあしが長めの髪も、今日は乱れないようにぴったりとセットして、格好いい。

給仕からノンアルコールの炭酸飲料をもらい、わたしとバルトルは二人だけでグラスをカチンと合わせて、それを飲んだ。

（どのような場所であるかは、知識としてはあったけれど……人が多くて、クラクラする）

初めての夜会の感想は、こうだった。バルトルはあまり個人的に仲良くしている貴族はいないようで、挨拶回りのようなことはしていないし、人の輪から少し離れたところにいても、それでも気疲れはする。

バルトルと懇意である貴族といえば、ルリーナ様だが、現役を引退した彼女は今日この場には来ていない。家督を継いだ息子さんとはさきほど簡単に挨拶はしたけれど、すぐに話し終えてしまった。

緊張していたほどの波乱はなく、退屈というほど刺激がないわけでもなく、めまぐるしい人の動きを遠目で見ているだけでほどほどに疲労感を覚えていたそんな折、国王陛下が会場に現れた。

どんなことを話していた人たちもみな一様に、陛下が現れた壇上に目を向ける。

鮮やかな赤髪がライトアップされ、より鮮やかに、鮮烈に煌めいていた。

「よく集まってくれた。みなのもの。料理や酒は楽しんでくれているか？　今日はこの私の即位四年パーティだ。日頃この国のため私に代わって領地を良く治めてくれてありがとう。今日ばかりは無礼講でおおいに楽しんでくれ」

陛下が喋ると、周りの人たちはおお、と感嘆するような声を漏らし、拍手をした。

ひとしきり拍手を受け、陛下は「ところで」と切り出す。

「先の事件では多くのものに心配をかけた。この国を支える重要な魔道具。それを管理する施設の乗っ取りだ。幸い、施設内にいた勇敢な人物たちのおかげで実害は出ずに終わったが、このような強硬手段に及ぶに至らせたこと、己の力不足を痛感する。申し訳ない」

にわかに会場がざわめきだす。陛下が頭を下げたからだろうか。

「犯罪行為を許すわけにはいかん。実行犯らにはしかるべき罰を与えるし、彼らの訴えすべてを呑むわけにはいかないが、このような凶行を選ばせてしまうような世の中は変えていきたいと思っている。みんなにも苦労はかけると思うが、どうか協力してほしい」

陛下の言葉に対して、貴族たちの反応は大きくはなかった。この静寂が何を意味しているのかはわたしにはわからない。

陛下はわずかに苦笑をにじませながら、すっと手を挙げて、そして、わたしたちがいるほうを指し示した。

「――先の事件を解決に導いた夫人を紹介しよう。ロレッタ、ここに」

「――！」

わたしは息を呑む。バルトルが先ほど言っていたアレが来たのだ。隣のバルトルと目配せし、そしてバルトルのエスコートで王のおそばに近づいた。

「……彼女が……？」

「黒髪じゃないか。魔力の糸を作って解決したという話だろう」

「……待って。ロレッタと言ったら、去年噂になったあの……」

貴族の皆さんのざわめきが聞こえてくる。

「ロレッタは平民たちと共に動力庫に捕らえられ、テロリストたちの目をかいくぐり、警備システムに自ら紡いだ魔力の糸を格納することで事件の早期解決に尽力してくれた。彼女がいなければ、事件の解決にはもっと時間がかかっていたし、なんらかの被害も出ていたかもしれない」

ざわめきの中に投じられた陛下の言葉が、ちゃんと届いているかは怪しかった。陛下はやれやれ

と首を振り、そしてわたしに目配せをした。

「……アレコレ言うよりも、証拠を見せたほうが早いな？　ロレッタ。糸を作ってみせよ」

王に命じられて、わたしは糸を紡ぐ。……なんだか、こういうシチュエーション、多いなあ、なんてことをぼんやり思う。

指をくるりと回せば、シュルリと現れる、銀色のような虹色のような、不思議な色合いの魔力の糸。わたしを見る好奇の目に、好奇とは違う種類の熱が入るのがわかる。

「まさか本当に……！」

「本当に、いままで黒髪の《不貞の子》……彼女がアーバン家の魔力の糸を作っていたのか……」

どよめきに包まれる中、バルトルがわたしの肩をグッと抱いた。牽制するように、厳しい目つきで周囲を見つめる。

「生まれ持った魔力の属性によって、髪の色は変わると言われている。ロレッタの髪は黒で、従来の属性ごとの髪色ではないが……。彼女はこの容姿により、貴族に反感を持つテロリストの目をかいくぐり、見事魔力の糸を紡いで、魔道具を動かして見せた。彼女が魔力を持っているということは疑いようもないだろう」

陛下は手に持った杯を掲げる。

「彼女がいなければ、今日の催しは開けなかっただろう。今日の功労者、ロレッタに皆、乾杯！」

声を張り上げた国王陛下の音頭に、みんな動揺しつつも、おずおずと杯を掲げたようだった。

「……陛下は、わりと、強引な方なんですね……」

帰りの馬車で、ぽつりとこぼすと、目の前に座るバルトルはうんうんと頷いた。

「そうだろうそうだろう。あの人はそうだよ、無能のクズでのろまよりかはマシだけど、勢いでまいて誤魔化すタイプなんだ」

(国王に対してそんなことを言う人っているんだ……)

明け透けすぎるバルトルの物言いに面食らいながら、わたしは苦笑する。

「でも、そのおかげでわたしは少し楽な気持ちになれました。いままでずっと、不貞の子と呼ばれてきて、魔力も何も持たない黒髪のやっかいものだと思われていましたから……」

「君が言われもない中傷を受ける機会が減っただろうことは喜ばしいけれどね」

はあ、とバルトルは大きくため息をつく。

「……君のことを、あの人のいいように利用されているのは面白くない」

「バルトル」

拗ねた顔つきで腕を組むバルトルを、わたしは目を丸くして見上げた。

「……わたしは嫌じゃないですよ。国王陛下ですもの、色々と思惑があって立ち振る舞われていることはわかりますが……」

「今日のことで君の存在を公にして、魔力の糸の受注も増やすつもりだよ、あの人。今、国民たちが不満として訴えている魔力の糸の需給量のアップだって、君がたくさん糸を紡いだら少し解決するからね」

「そ、そうなんでしょうか」

「ああ。あと、それから……もしかしたら、君のような存在が、貴族たちの中にもっといるんじゃないか、って期待」

「わたしのような……?」

「貴族にとって忌むべき存在であった黒髪の子ども。でも実はその子が素晴らしい魔力を持っていたことが明かされた。しかも、事件を解決するという輝かしい功績とともに祝福を受けながら、ね」

　バルトルは一回区切り、そしてまた口を開いた。

「魔力の糸を紡げない出来損ないかと貴族たちに思われていた子たちが実は手紡ぎであれば、君のように糸を紡げるかもしれない……。そういうこと」

「……わたしのように、黒髪や茶色い髪で生まれてきた子たち、ですか……」

「まあ、それ自体はいいことだけどさ。いいんだけどさ」

　バルトルはもう一度、今度は小さくため息をつく。

「……今よりも、幸せになれる子が増えたらいいですよね」

「そうだね、君みたいにね」

　バルトルは手を伸ばして、わたしの頬に触れる。ひやりとした指先が、夜の馬車の中では余計に冷たく感じられた。けれど、続いて触れてきた唇はほのかに温かくて、柔らかかった。

2．ある平民たちの会話

新聞を広げている一人の男、もう一人がぐいと身を乗り出して一緒にそれを見ようとする。

「――おい、なんて書いてあるんだ？　オレ、字よめねえんだよ」

「国王主催のパーティは大賑わい、だってよ」

はあ、とタバコの息を吐きながら、薄毛の男はうなだれる。

「あんなことが起きたのに、お貴族さまがたはお気楽でいいねえ」

「本当だぜ。テロも起きて当然だわ、巻き込まれるのはごめんだが、このあいだのテロリストだって平民には手を出さなかったって聞いたぜ。俺ぁ、あのテロリストの減刑願い出すつもりだぜ」

「ちょっと何バカなこと言ってんのよ！　あんなことないほうがいいに決まってるじゃない……！　似たことするやつらが現れたら……」

男たちが話すところに通りすがった大荷物を抱えた茶髪の女性はぶるりと身体を震わせる。

そのうち、新聞には何が書いてあるのだと、この一角に人が集まってきた。

人々は先のテロ事件や、その後の王城で開かれたパーティについて思い思い、口々に話していく。

「でも俺は助かったよ。俺の勤め先が、食材の輸送役を頼まれててさあ、結構いい金が入る予定だったからキャンセルにならなくてよかったぜ。そうでもなくちゃ、今月の給料未払いだったかもしれねえし」


　そのうちの一人がそう言うと、文句を言っていた薄毛の男はきょとんと目を見開いた。

「パーティが中止になったら、食事の支度も全部キャンセルだろ？　料理人たちはその日のスケジュールがパアになってたし、食材だって無駄になってたからねえ。中止になるほうが困るわ」

「まあ……そう言われてみりゃ、そうだけどよ」

「なるほどねえ、そういうこともあるのか。確かにあの規模のパーティなら大口顧客だわな」

　うんうん、と数人は納得してうなずきを見せる。

「ただの税金の無駄遣いパーティだって思ってたけど、言われてみりゃ、俺たちの仕事にもなってんだな……」

「アンタ、ネジ工場勤めだろ。縁遠いとそうも思うよな」

「俺は助かった」と話した男はカラカラと笑って、ネジ職人の男の背を叩く。

「なあ、他に面白いことは書いてねえのか？」

「おう、待てよ。……お。魔道具士の増員計画……？」

「まどうぐしぃ？　アレもよほど金持ちでもなくちゃなれない仕事じゃねえか」

「資格を取るための勉強代と試験代が無料だってよ！　資格取得前に工房に見習いに入るのも給金が出るみたいだぜ！」

「やめとけ、お前みたいなバカがなれるかよ」

「文字も読めねえバカに言われたくねえよ」

「ふうん、しかし、わりと給金もいいじゃねえか。資格取るため、ってんなら文字の読み書きから教えてもらえんのかねえ？　そんなら、オレもやろうかな」

「さすがにそりゃあダメだろ！　ガキの手習いじゃねえんだから！」

王都の街の一角に集まった住人たちは声を揃えてガハハと笑った。

膝を突き合わせて話す彼らは、次第に「何不自由ない暮らしができるくらい稼げて楽な仕事はないかねえ」という話題に移っていった。

五章　わたしたちの『これから』

1．バルトルの仮説

テロの騒動から数週間。陛下もテロを起こした彼らの要求はよく理解しているようだけれど、まだわかりやすい減税といった反応は示しておらず、特に何も変わらない日々が続いている。

しいていうならば、水質循環システムの修繕のための増税がなくなって元の額に戻った分、税の重みが減ったといえば減ったけれど、それはあくまで元に戻っただけだ。

実行犯の彼らは捕らえられたけれど、このままでは似たような事件がまた起きるのではないかと不安にもなる。

（わたしができることって、なにかないのかしら……）

そう思いながら、指を動かす。シュルリと指の動きに合わせて糸が紡がれた。

わたしにできることといえば、糸を紡ぐことくらい。

わたしがたくさん魔力の糸を紡ぎさえすれば、国民の彼らにも供給されやすくなるし、魔力の糸の備蓄が増えていけばその分、糸の価値が相対的に下がって税の取り立ても少し減るかしら……とぼんやり思うけれど、それはあまりにも途方がないことだろう。わたしは魔力の糸を紡ぐのが得意だし、たくさん紡ぐことができるけれど、今の状態を覆すほどの量の魔力の糸を紡ごうと思ったら、まともに眠れなくなりそうだ。一日中、ずっと糸を紡ぎ続けて、それで足りるかどうか。

（……さすがにそれは、死んじゃうかしら……）

ううん、と首を振る。ため息も出てきた。

そうこうしている間に、魔力の糸が膝に抱えきれないくらいたくさんできあがってしまっていた。部屋の隅にでも置いておこうと、糸を持ち上げたのとほぼ同時に部屋のドアがノックされた。

「はい」

答えると、ドアノブが回るガチャ、という音と共に、見慣れた金髪の青年が顔を出した。「やあ」と小さく手を掲げながら、彼、バルトルはわたしの部屋に入ってくる。

「ロレッタ。折り入って君に相談があるんだ」

「どうかしたんですか？」

「僕の知り合いの平民たちにさ、魔力の糸の紡ぎ方を教えてみてくれない？」

わたしはきょとんと瞬きする。

「えっ、い、一体どうして？」

「この間……ほら、あんなテロ事件なんかもあったろ。国全体的に魔力の糸が足りてない現状があるから、それの打開策のひとつとして、陛下がやってみる、ってさ」

「へ、陛下が？」

ますますわたしは目を丸くしてしまう。

「その……バルトルの仮説を、試してみるということになったと、そういうことですか……？」

バルトルの仮説は、こうだ。

『平民も魔力は持っている、ならばやり方さえわかればみんな「魔力の糸」が作れるのではないか?』というもの。黒髪で生まれてきたわたしが、なぜ魔力を持っているのか。なぜ魔力の糸を作れるのか。その疑問に対してバルトルが答えてくれたこの仮説。

言われたとき、わたしも『もしかして』と、そう思えた。彼を疑う気はもちろんないけれど、でも。

「実現できるかどうかというと、ちょっと気が遠くなるよね」

「そうですよね……」

言うにははばかられた、まさにその一言を自ら口にしたバルトルに、わたしは小さく頷く。

「それができるのであれば、本当に……よいことだと思いますが……」

貴族だけが魔力の糸を生成できる。そのアドバンテージを失ったときに現状の貴族社会、世の中の構造がどうなっていくのかを考えると、訪れるであろう変化がこわい気もした。混乱は避けられないだろう。でも、それを乗り越えていかなければ、いつかこの国は今以上にもっと悪い形になってしまうかもしれない。

「この期間のうちは君にお願いしている魔力の糸の受注も抑えるようにするって。給金も出すらしい。悪いけど、頼まれてくれるかな。嫌になったら断ってくれてもいいからさ」

「……わかりました。やってみましょう」

「すまない、ありがとうロレッタ」

「いいえ。わたしも、バルトルが言うことが証明できたら嬉しいです」

「……ありがとう。僕も手伝えることがあれば、なんでもするからね」

バルトルの大きくてひやりとする手のひらが、そっとわたしの手を包み込んだ。


それからほんの少しして。

王都の高級住宅街の外れにある空き家を使って、魔力の糸を紡ぐための講習会が開かれることになった。

バルトルが選定したという平民たち……は、年齢も幅広く幼い子どもから初老にさしかかる年齢の人もいた。性別は男性のほうが多いけれど、女性もちらほらと交じっていた。全員で二十名程度だろうか。

はじめの一週間はバルトルも一緒にいてくれて、わたしと参加者たちがコミュニケーションをとりやすいように計らってくれた。バルトルの知り合いということもあって、わたしもとても話しやすくて助かった。

けれど、肝心の『魔力の糸』についてはちっとも成果が見えてこなかった。

「悪いけど、ちょっと今日はもう帰るよ。これに出てるだけでお金ももらってるけど……家の仕事もあるからさ」

「は、はい。わかりました……」

離席者が増えてきてしまったことは、さもありなんだろう。無理もない、成果が目に見えてこないのであればやりがいは感じにくい。

何も入っていない水槽に網をいれているようなものだ。

一応、時間としては毎日、午前中の二時間をもらって、魔力の糸の紡ぎ方を教えているけれど……なんにもならないことに二時間を消費することを、苦痛と思うのはしょうがないことだ。

正直、わたしだって、見通しのもてなさに不安になるくらいだし……。


魔力の糸を作るときには、両手を使う。両手の人差し指をくるくると回していくと、そのうち白銀に煌めく糸が現れて、そのまま指を回し続ければ、それだけ糸がたくさん紡いでいける。

（……お母様は、どうやってわたしに教えてくれていたかしら……）

このとき、わたしは久しぶりに母との昔のことを思い出していた。意識的にあまり思い出さないようにしていた思い出だ。

母はわたしに厳しかった。「これくらいのことができないようであれば、貴族として恥ずかしい」と、わたしを責めた。その言葉が「やっぱりあなたは所詮、不貞の子なのね」と言われているようで余計にわたしの心は揺らいだ。

母の子でありながら、母の子として認められていないのだとそう思って、悲しくて、せめてこれさえちゃんとできれば、少しでも認められるのではないかと、そう思いながら必死に魔力の糸を紡げるようになった。

母が言っていた、指先に魔力をこめるというのを感覚的に掴むのはとても難しくて、今でも、何がどうして糸が紡げているのかは、よくわからなかったりもする。何度も何度も、どうか魔力の糸が紡げますようにと祈って、願って、そのうち上手にできるようになっていた。

——母が言うには、わたしは物心つくその前、母から教えられる前に、なにかの偶然で魔力の糸を紡いでしまった瞬間があったらしい。それを見た母は、それで「黒髪のあなたでもできるはずよ」と確信を持って、厳しくわたしに魔力の糸の紡ぎ方を教え込んでいたようだ。

ルネッタは、わたしに「うまく魔力の糸が紡げないの」と泣いていたけれど……。それを見たわたしは、ルネッタも母に厳しく教えられていて、それがつらいのかと思って、慰めていたけれど、

実際は、どうだったんだろうか。

（身体の中の魔力を指先に集める感じで……呼吸を整えて……ゆっくりと指を動かす。魔力が指先に集まってくると、じわじわと熱くなってくるから、それでも同じリズムでずっと指を回し続ける……）

そうすると、魔力の糸ができあがるのだ。そうやってわたしは教わった。

（……身体の中の魔力、というのがきっとピンと来ないのよね）

少なくとも、わたしはそうだった。

普通の貴族は、例えば火の魔力を持った貴族なら、手のひらから火の玉を出したり、水の魔力なら水を出したりすることができる。でも、わたしはそういうことはできなかった。

日常的に魔力があるということを自覚して過ごすことがなかったから、自分の身体に魔力があるということがよくわからないのだ。集められたみなさんも、きっとそうだろう。

（とはいえ、魔力の糸を紡ぐという以外に自分に魔力があるなんて意識することなんて……）

特別な力も使えないのなら、そんな機会はそうないだろう。

しかも、本当に平民にも魔力があるかどうかはわからないのだから。

あまりにも手探り状態。不安な表情で指をくるくる回してくれているみんなを前に、わたしは頭を抱えるような気持ちになりながら、手慰みで魔力の糸を黙々と紡ぎ続けてしまった。

「わあ……すごい。こんなにたくさん、自分で紡げたらいいだろうなあ」

「自分の家のことだけじゃなくて、たくさんできたら売れるしなあ。なんとかおれたちもできたらいいんだが……」

わたしの紡いだ糸の束を見ながら、目を輝かせる数人。彼らの目が輝きを失わないうちに、何か少しでも進展できたらいいのになあとわたしはそっとため息をついた。

◆◆◆

「うん？　どうしたの、ロレッタ。何をしているの？」

夜。机にかじりつくように書き物をしていたわたしは、バルトルの声にハッとして振り向く。

バルトルの髪は濡れていて、お風呂上がりのようだった。

わたしは書きかけの一枚をバルトルに見えるようにしながら答えた。

「繰糸機《そうしき》を使わない、手紡ぎでの魔力の糸の作り方です。口頭ではわかりにくいことも多いかと思いますので、指南書を作ろうかと……」

文字で説明するのもまた、口で説明するのとけちがう難しさがあって、なんと表現すべきなのか悩むけれど、やってみないよりはやってみたほうが良いと思ったのだ。

バルトルはしばし、わたしが手に持った紙を見つめてから、片眉をひそめながらゆっくりと口を開く。

「……ロレッタ」

彼にしては珍しく、あまり明るくない声音で名前を呼ばれる。

「はい？」

「平民は文字が読めない人も多いよ」

「あ……」

──そうか。わたしは顔をうつむかせる。

「そう……なんですね」

「だから、平民にとったら君がよく読んでいたっていう新聞なんかも嗜好品なんだよ。街にいる文字が読める何人かが読んで、読み書きができない人は読める人からかいつまんで内容を聞いて、あとは伝聞で伝わっていく感じ」

「そ、そうだったんですね」

「今回僕が集めた奴らなんかは……ごめん、ほとんど文字は読めないと思う。あんまり育ちのいい友達がいなくてごめんね」

「そんなことありません！」

「大きな声が出たな。結構あいつらのことを気に入ってくれていて何よりだ」

「す、すみません。バルトルも、その、限定的な意味で言ったのだと思うんですけど……」

「訂正しよう、あいつらはいい友達ではあるけど、学を得る機会のなかった奴らばかりだ」

バルトルはあえてだろうか、少しおどけたふうに言った。

「……文字通り、手探りという状態で……。それなのに、根気強くみなさん付き合ってくださるから、みなさん、いい方だと思います」

中には顔だけ出してすぐに帰ってしまう人もいるけれど、あえてそのことには触れずに言う。

「うん、いい奴らだよな」

バルトルはにっこりと笑む。たまに薄い皮肉っぽい笑い方もする人だけれど、この笑顔は裏表のない笑顔だった。

「今、君がしていることは、灯りも持たずに洞窟に潜っているようなものだよ。この洞窟がどこまでの大きさなのか、出口はあるのか、もしくは最奥部に宝が眠っているのか、何もわからない状態で前に進んでいく。不安に思って当然だし、やめたくなって当たり前だと思う。君も、講習会に参加してくれているみんなもね。僕の仮説に付き合ってくれてありがとう」

「……バルトル……」

バルトルのきれいな青い目を見つめながらわたしは口を開く。

「わたし、バルトルの仮説を証明するためにも、どうかみなさんが魔力の糸を紡げるようになったらと思います。だから……頑張ります」

「うん、ありがとう。……でも、頑張りすぎないようにね」

バルトルの少し冷えた指先がわたしの髪をすくい、そっと頬を撫でる。細められた眼差しは優しげだった。

「今日はもう眠ろう？　僕の奥さん」

「……はい」

机の上に書きかけの紙を放り出したままなのを横目で見ながら、両腕を広げ寝室へとわたしを誘うバルトルの導きに身を任せた。


今日も今日とて、朝は来る。それからしばらくしたら、魔力の糸の講習会。

時間になって会場にぼちぼちと集まってくるみなさん。

一度わたしが実演でやって見せてから、みなさんにもそれぞれ取り組んでもらって……そして、うまくいかなくて、「今日はもう」と帰る人、講習時間の終わりまでずっといてくれる人と最近はすっかり二分化している。

今日もやっぱり糸が紡げた人は誰もいなくて、わたしは内心「ああ……」と思う。

「あの、今日は魔力の糸の紡ぎ方を……絵にしてみたんです」

本当は文字で書いていて、絵はオマケ程度のつもりで描いていたのだけれど、バルトルから助言をもらい、大きく描き直してまとめてきたわたしなりの指南書をみんなに見せてみる。

「身体の中の魔力がきっとまだイメージしづらいのだと思います。まずは、とにかく指先に意識を集中する感じでやってみていただいて……」

絵を指さしながらしどろもどろで話すわたし。

「ふんふん、なるほどなあ。指先になあ」

聞き慣れない声が部屋の中でしてわたしはきょとんと顔をあげる。先ほど帰ってしまった人の席に、大きくまたを開いて座る赤い髪の男性がいた。わたしが知っているお姿よりもかなりラフな格好をされていて、みなさんによく紛れ込んでいるけれど、あの真っ赤な髪は――。

「――へい……！」

「あーあー、なしなし。ちょっと静かにしててくれ、なっ？」

赤髪の彼――国王陛下はわたしの首にグッと腕を巻き付け、至近距離でバチンとウインクして見せる。口角を上げた口から覗く白い犬歯が尖っているのが目立つことにふと気づく。

「……」

「なぜここに？　って顔してるな？　ははっ、ちょっと話すか。おうい、ちょっとお前らの先生借りるぞ」

「えっ」

有無を言わさない勢いで、陛下はわたしの腕をぐいと引っ張って、教室の外に出て行ってしまった。

時刻は昼前、日陰を探して、陛下は住宅街の小さな坂になっているところに作られた階段に座り込んだ。陛下が長い足を広げて座る姿に、動揺が隠せず、思わず目を丸くしてしまった。

誰かが近くを通りすがってこの姿を見ても、まさか国王陛下とは思わないだろう風体だ。

「どうも、捗らん様子だな？　やはり、誰でも魔力の糸を作れるとはいかんか」

「は、はい。バルトルの仮説通りであれば、魔力そのものは平民、貴族関わりなく持っているはず……なのですが」

「ふぅむ」

陛下はひげを生やしているわけではないのに、ひげをさするように顎をさすった。

「そう簡単に一朝一夕でできるのであれば、とうにどこぞの平民自身が『おれでも魔力の糸が作れたぞ！』と言って、とっくに商売にしとるだろう。まあまあ、こんなもんだろう」

「そうですね……」

「当人としては成果が出ず、やきもきするであろうが、気を長く取り組んでくれ。最悪、おれやお前が生きている間に成せなかったとしても、そのうちなんとかなるだろう」

あまりにもおおらかな陛下のお言葉に呆気にとられる。

（こ、このくらいのスケール感でないと、一国は治められない……ということかしら）

平民たちが抱えている国家へのヘイト感情を思うと、もっと早急な事態改善を焦っても、と思うが、陛下に焦らされたところで、魔力の糸を平民が紡げるようにいますぐなるわけではないのは、明白だ。

（……そもそも、あくまでこれはバルトルの仮説を根拠にしていて、平民にも魔力がある保証はないのに……)

　陛下はわたしだけでなく、この講習会に参加している平民たちにも給金を渡している。確証のない取り組みに、彼がどれほど本気であるのかうかがい知れる。

(これから先ずっと、どうにもならなくても、陛下は試し続けるのかしら……)

　そんなことを思いながら、わたしは陛下の横顔を見つめてしまう。先王の急逝に伴って、まだ即位したばかりの若い王の横顔を。

「……バルトルはおれが見つけ出したやつでな」

　国王陛下は唐突に語り出す。

「当時、どうも最近、違法設計の魔道具が出回っているらしいとか、破格の料金で修理を請け負って市場をメチャクチャにしているやつがいると報告が上がっていてな。それを元に、どんなやつかとおれがこの足で探してみたんだが、それで見つけたのがあのバルトルだ」

「陛下自ら……ですか?」

「ああ。これはここだけの話だが、捕まってしょっ引かれる前におれがちょっといいように使ってやれんかと思ってな」

　にやりと陛下は尖った犬歯を見せて笑う。

「今でこそあんな身なりだが、スラムにおった頃は髪も隠してて、ずたぼろの服を着ていてなあ。磨けば光るというやつか? 無理矢理小ぎれいな格好をさせたら、まあそりゃあ見事見事。驚いた」

「はあ……」

陛下は楽しげにカラカラと笑う。

「どうも、スラムにいた頃はあの髪色は隠していたみたいだな。ボサボサの髪をぼろ布でぐるぐる巻いててな」

（……それって）

かつてアーバン家にいたときのわたしみたい。ふとそう思って、胸がずきんと鳴る。

「まあ無理もないことだ。スラムの連中にバレたらどう利用されるかわからんし、自ら名乗り出て『貴族の仲間にしてください』って言いそうにはないやつだからなあ」

ぐしゃりと陛下は髪を掻き上げる。

「……おれの親父。まあ、つまりは前国王だが。アイツの治世はろくでもなかったろ？　すまなかったな」

「え、ええと」

肯定も否定もしづらく、狼狽《うろた》えるわたしに、陛下はニッと笑む。

「よいよい！　そなたら国民はみな被害者だ。ロレッタ。お前のように普通と違う子どもが生まれたときに虐げられてしまうような貴族の在り方であったのは間違いなく我ら王族の責任だ。お前は我々を恨んでもよいのだぞ」

「そ、そんな……」

「子は魔力を持つものでなければいけない。家に貢献できるものでなくてはいけない。不貞を疑い、己の子を恥だと扱うのが『普通』である世にしてしまったのだ。この国にはおおらかさが足りん。そして、おおらかさには、余裕がいる」

陛下はどこか遠くを見つめ、細いため息をついた。

「――この国はじり貧だよ。魔道具はかつての異界の導き手が作り出したオーパーツ。貴族であれば持つと言われる魔力は、代を追うごとに少しずつみんな弱まってきている。魔力継承の儀なんてものをしてもごまかし程度にしかならん」

陛下は皮肉げに笑う。

「国民はみな聡い。いつか迎える破滅のときをすでに感じているのだろう」

先のテロ事件のことを思い出し、わたしは自分の腕を抱く。

「もしかしたら、いますぐにでも『王国』という形を捨てたほうがうまくいくのかもわからんが、さすがにそこまでの胆力はなくてなあ、おれは」

「そ、それはさすがに。平民にも魔力があると判明する以上に大混乱になると思いますが……」

「だよなあ……。おれもそう思う……。そうしたい気はあるんだが……」

（あるんだ……）

しみじみ呟く陛下を眺めながら、バルトルが国王陛下にそこそこ軽い調子で返す一幕があるのがなんだかわかる気がした。

威厳のあるお姿しか見たことがなかったけれど、実はかなり気安い……人なのかもしれない。

「……バルトルは不思議なやつだよ。アイツがスラムに捨てられても生き延びて、魔道具士の技術と知識を得たのは奇跡のようなものだ。だからおれはアイツの唱える説に乗っかりたくなってしまってな」

「平民も、魔力があるはずだ……と」

「うむ。おれは一切無駄な投資とは思っていない。まあ、なんとかなるだろ。そんなわけだから気負わずにな。バルトルの嫁」

「は、はい。ありがとうございます」

陛下はそう言うと、手をヒラヒラと振りながら、王都の街のどこかに消えて行ってしまった。

（……えっと、激励に来てくださった……？　ということで、いいのかしら……）

それとも、お気に入りのバルトルの話をしたくなって来ただけだったのかしら。なんて思って、わたしはついふふっと笑ってしまった。

◆◆◆

ただ、その後もどうしても魔力の糸を紡ぐのはうまくいかなくて……。

二十人ほどいた参加者が片手の数になった頃、わたしが季節の風邪を引いてしまったことをきっかけに、魔力の糸の講習会は一時休止となってしまったのだった。

2．わたしと同じ

「情けない限りだわ」

「そんな奥様。季節変わりの風邪はしょうがないですよぉ、違う季節を迎えるにあたっての通行手形みたいなもんですよ！」

ちょっぴり不思議な物言いをするセシリーにくすりと笑ってしまう。

「大丈夫、そんなに落ち込んでいるわけじゃないの。そろそろ付き合ってくれていたみんなも先が見えなくて不安になってた時期だろうし、ちょっとお休みするのはいいと思う」

ただ、そのきっかけになったのが自分の体調不良というのが情けない。

「まあまあ奥様。季節は秋！　秋と言えば美食！　おいしいものたくさん食べてゆっくりしましょうねえ！」

風邪はもうすっかり治って、ほんの少し暇を持て余しているわたしに、セシリーは明るく笑いかける。セシリーのこの明るさはいつもありがたい。

「ああ、そうだ。奥様。奥様宛にお手紙が届いていたのです。どうぞ」

「わたしに……？」

わたし宛に手紙が来ることはめったにない。つい目を丸くしながら封筒を受け取る。まさかルネッタが……と一瞬思ったけれど、違った。

「サイモン・ペリル。……知らないお名前だわ……」

「そうなんですかあ？　ほら、この間、王様主催のパーティがあったじゃないですか。そのときお会いしたのかと思ってました」

手紙の内容は、かいつまむと、こう書かれていた。

どうか、魔力の糸の紡ぎ方を教えてほしい――と。

◆◆◆

サイモン・ペリル。ペリル家といえば、小さいながらも堅実な領地運営をされていると評判の子爵の家柄だ。

（ペリル子爵には血の繋がった子はいなくて、親戚から養子をとられていたはず……。『サイモン』という名前のご子息は、いらっしゃらなかった）

母がわたしに伝えていなかっただけかもしれないけれど、わたしが知っているペリル子爵家はそうだった。

疑問を持ちながらわたしは今日、サイモン様が待っているという屋敷を訪れた。

「……突然、申し訳ありません。どうしても、あなたに会ってみたくて……」

「いえ、どうかお顔を上げてくださいい」

「お恥ずかしながら、私はずっとこの部屋にこもっておりまして、外に出ることができないのです。……怖くて」

前もって来訪を伝えていたので、わたしはすぐにサイモン様が待つ地下のお部屋へと通された。

（わたしは離れにいたけれど、彼は、ずっとこの地下室で……）

そんなことを思って、つい目が細まった。

「お手紙拝読いたしました。ご事情は存じております。どうか、お気になさらず」

毛量の多い茶色い髪を掻き上げながら、彼はハハ……と苦笑した。

「私はサイモン・ペリルと申します。あなたと同じように……両親から存在を隠されてきた子どもです」

見ての通り、もうとっくに大人になってしまいましたが、と自嘲気味に笑いながら彼は言った。

「とはいっても、私は両親からは愛情を注がれて育ちました。ただ、あらぬ噂を立てられぬようにと表には出ないように育てられただけで……それで、あなたと同じというのも、ちょっと、言いにくいのですが……」

「そんなことはありません！　いろいろと、思い悩みがあったでしょう」

「……ありがとうございます。その、それで、本題なのですが……」

サイモン・ペリル。彼の手紙には、彼の半生が綴られていた。

両親に存在を隠されて、ずっとこの地下室で暮らしていたこと。親からは愛されてはいたけれど、誰と関わりを持つこともなく、一人この部屋で一生を過ごすことがひどく怖かったこと。

「魔力の糸を紡ぐことができれば、私にも……一歩外に踏み出す勇気が出るはずだと、そう思ったのです……！」

長い前髪の隙間から覗く瞳は確かな輝きを携えていた。

「ガーディア夫人。あなたのご活躍は新聞で拝見しました。夜会に出た父と母からも聞きました。あのような状況で……黙っていれば平民として解放されていただろうに、自ら事件解決に動かれた姿、私は感動しました」

「そ、そんな、わたしは本当にたいしたことは……」

「いいえ。同じ境遇で育った私にはわかります。一歩踏み出すことの、恐ろしさが……」

サイモン様は喉からようやっと絞り出したような声でそう言ってくださった。

「サイモン様……」

「私もあなたのように外に踏み出したいのです、お願いします」

「……はい。わたしにできることがあるのでしたら、ぜひ協力させてください。サイモン様」

心のどこかでは、本当に、わたしの拙い教え方で大丈夫かしらと不安になっていたけれど、それを吹き飛ばすように、わたしは笑顔でサイモン様に答えた。

サイモン様はとても素直な方だった。魔力の糸は初日には作り出すことはできなかったけれど、わたしがいる時間ずっと前向きに取り組んでくださっていて、わたしが帰るときにも「一人でも練習してみます」と仰った。

彼のキラキラとした眼差しがとてもまぶしく感じられた。

平民と、貴族の生まれだけれど茶色い髪で生まれてきた彼では前提条件が少し違うけれど。でも、もしも彼が魔力の糸を紡げたのなら――。

それはわたしにとっても、大きな希望になる。

サイモン様のためにも、わたしのためにも。それから、バルトルや国王陛下のためにも、どうか、サイモン様が魔力の糸を紡げるようになりますようにとわたしは祈った。

◆◆◆

わたしがサイモン様の下《もと》に通うようになって、二週間ほどしてからだろうか。

さあ今日もサイモン様のところに行こうと支度をしていたわたしは、なぜかバルトルに壁ドンされていた。

「――男の人のところに通っているんだってね」

「バルトル」

そう言いながら、わたしの目の前に現れたバルトルはちょっとむっつりとした顔をしていた。

「バルトル、言い方が悪いですよ。あなたにもちゃんと話しました、事情があって家から出られないけれど、糸の紡ぎ方を学びたいという方がいて……お部屋にはいつも護衛の方と彼の家の使用人もいて二人きりではないし……」

「そうは言うけどさ。……他人の家だろ、気分良くはないよ」

「……バルトル」

拗ねたように唇を尖らせる彼を、少しきょとんとして見つめる。

「前から思ってはいましたけど……バルトルって、結構、やきもち焼きなんでしょうか」

「それ本人相手に言うかい？　まあ、君らしいけど。あと、普通は奥さんが知らない男の部屋に通っていたら嫌だろ、普通だよ」

バルトルの口から『普通』が語られたことにいささか驚きながらも、言いたいことはわかる。なので、わたしは素直に謝る。

「ごめんなさい。でも、彼も真剣みたいなんです。今日も行っていいですか？」

彼の下に通うのは今日で五回目だろうか。先日は何かをつかみかけている様子があった。今日こそはもしかしたら、うまくいくかもしれない。逸《はや》る気持ちがわたしにはあった。

「……いいよ。でも、僕も一緒についていくからな！」

バルトルは腰に手を当て、胸を張って宣言する。

「え……お仕事は」

「仕事なんて僕がいなくたってどうにかなるんだよ！　でも、君のことは僕がいないとどうにもならないじゃないか！」

「そ、そうなんでしょうか。あの、護衛も連れて行ってますから、だい……」

「ダメだよ、危ないよ。何があるかわからないんだから。一回二回大丈夫でも、こういうのは大抵油断したときに……」

（……バルトル、そういう感じでだまされたことがあるのかしら……）

彼がたびたび「治安が悪い」と語るスラム街。……彼も色々経験してきているのだろう。

「とにかく、仕事のことなら心配しないでいいから！　絶対僕も一緒に行くからね」

「は、はい」

――サイモン様はあまり人に会うのに慣れていないそうだけれど、大丈夫かしら？　とは思いつつ。この状態のバルトルは言って聞く人ではないので、わたしはバルトルの要求を受け入れた。


「……髪は長いけど、結構いい男じゃないか」

「えっ」

サイモン様に会って一番に呟かれた言葉にぎょっとする。

サイモン様は急に現れたバルトルに戸惑われているご様子だった。無理もない、バルトルは背も高いし、普段は柔和な雰囲気の人のはずだけれど、今のバルトルは少し目つきが悪かった。

「あ、あの、ガーディア男爵。いつも夫人をお呼びしておりまして、申し訳ありません。大変お世話になっております……」

「初めまして、僕のことはお気になさらず。その辺に立っておりますので、いつも通りにどうぞ」

見るからに萎縮しているサイモン様を見て、わたしは「バルトル！」という気持ちになった。うまくいきそうな雰囲気なのだ、どうか、そう圧をかけてくれるなと願ってバルトルの顔を見上げていると、バルトルはニコと微笑んでわたしのおでこに口づけた。

（これで牽制がすんだなら、どうかこれ以上圧はかけないで……）

改めて、念押しするかのようにわたしは祈った。

サイモン様は目の前の光景にほのかに頬を赤らめて「ええと」と口ごもっていた。

「昨日は指先に熱がこもる感覚があったのですよね？　きっと、それが魔力なのだと思います！　それが、糸状になっていくイメージで今日はやってみましょう」

「は、はい！」

こくこくと頷いて慌てて指を突き合わせるサイモン様に、内心で「ごめんなさい」と呟く。

（バルトル、普段はわきまえていてこういう人ではないと思うんだけど……）

わたしのことになると、ちょっと、だいぶ、狭量になるなあとわたしは小首を傾げた。普段はそんなところも、嫌ではないけれど、ただ、今このときだけはそれは控えてほしいなと思うのも本音だ。

（サイモン様、どうか……）

サイモン様の指先をじっと見つめる。

緊張した面持ちのサイモン様は、何度も指先をくるくると回す。糸が出てこなくても、諦めず、数分経ってもずっとそれを続けた。

思わずわたしも息を止めて見守ってしまった。それだけサイモン様が集中されていたからだ。

不思議な静寂が漂う部屋、その中心にいるサイモン様。

サイモン様の指を追うように、キラキラと輝く光のようなものがふと見えた。

思わず前のめりになり、目を見開いてしまう。

サイモン様はハッと息を呑んでいた。


――サイモン様は、魔力の糸を作るのに成功した。

「やった……！」

思わず、声が出ていた。

わたしとサイモン様はどちらからともなく手を握りしめ合っていた。サイモン様のヘーゼルアイが揺れているのを見つめているわたしの目もまた、涙がにじんでいたと思う。

（わたしだけじゃ……なかったんだわ）

わたしと同じ、貴族の生まれで、貴族らしい髪色を持って生まれてこなかった子ども。そんな彼が、わたしと同じように魔力の糸を紡ぐことができた。

「サイモン様！　おめでとうございます！」

「あ、ああ……ロレッタ様……ありがとうございます、私にも、できました……！」

「――へえ」

感動のあまり額と額がくっつきそうになっているわたしたちに、一石を投じるように冷たい声が

投げかけられる。振り向かなくてもわかる、バルトルだ。

「よかったね。うまくいって」

「はい……よかったです」

「すっ、すみません、つい、も、申し訳ありませんっ」

大慌てでサイモン様がわたしから離れる。

バルトルは今度はバツの悪そうな顔をして、彼に頭を下げた。

「あなたにとって大事な時間に水を差して申し訳ない。あなたと、妻の感動は私にも理解できます。ただちょっと今のは顔が近かったかな？」

そう言ってバルトルはサイモン様に手を差し出して、彼に握手を求めた。サイモン様がおずおずと握り返すと、バルトルはニコと笑う。

「おめでとう。サイモン様、あなたの思いと努力が報われたことは私にとっても大きな喜びです。このことがあなたのこれからの人生の大きな一歩となりますように」

「あ……ありがとうございます、ガーディア男爵……！」

「あんなに顔が近づいてなかったらもっと祝福してたんだが！　すまないね本当に水を差して！今日という日があなたにとっての福音の日でありますように！」

「あっ、ありがとうございます」

この後もバルトルは何度も言葉を換えて彼を祝福していた。埋め合わせのつもり？　だろうか。

けれど、きっと、彼を祝福したいという気持ちに嘘はないのだろう。

だって、これはバルトルにとっても、自分の仮説の後押しになることなのだから。

◆◆◆

それからサイモン様は、生まれて初めて地下室からの階段を上がった。居間の扉を開けて現れた彼を見たご両親は、こぼれ落ちるのではないかと言うほど目を見開き、涙ながらに彼を迎えて、そして熱いハグをしていた。

まだ、屋敷の外に出るのは怖いけれど、少しずつ自分の世界を広げたいとサイモン様は仰っていた。

「よろしければ、私の家にも遊びに来てください。妻も喜びますから」

「はっ、はい。ありがとうございます！　必ず伺います……！」

「ああ、そんなお堅い約束じゃありませんから。気が向いたら、ぜひ」

そんなことをバルトルが言って、わたしたちはサイモン様のお屋敷を後にした。

「――とりあえず、君と同じように黒髪や茶髪で生まれてきた貴族たちは魔力の糸が紡げるってことはわかったね」

「はい……」

馬車に乗り込んですぐ、バルトルは真面目な顔をして言った。わたしも頷く。

「サイモン様も、特定の属性の魔力は使えないようです。お母様は風の魔力、お父様は火の魔力をお持ちのようでしたが、そのどちらも使えなかった、と」

「そして魔力の糸だけは紡げたわけだね」

「バルトルが話していた、属性ごとの魔力の形があって、その形に合う穴がないと、魔力が使えない。けれど、糸は細いから身体の外に出すことができるんだ、という仮説も合ってそうですね」

「うん」

バルトルは眉根を寄せる。

「……彼のことがきっかけで、同じような境遇の人たちがもっと多く現れてくれるといいんだが……」

「はい」

心からそう思いながら、深く頷く。

「今回のことは、僕から王様にも伝えておくね。そうしたら、王様経由で各貴族家に君や彼と同じような境遇の子がいるか調べることもできるかもしれないい」

「わ、わかりました」

またわたしが糸の紡ぎ方を教えに行くことになるかしら？　と少しドキドキしながらわたしは答えた。

それから、しばらく静かに馬車に揺られていたわたしたちだけれど、おもむろに少し乾いた唇を開く。

「……バルトル。しばらくお休みにしていた魔力の糸の講習会、そろそろ再開したいと思うのですが、呼びかけてもらってもいいですか？」

提案にバルトルはわずかに目を丸くした。

「うん？　もちろんいいけど、君は大丈夫？　病み上がりでサイモン様のところに通ったりしてたし、疲れてない？」

バルトルの気遣いにわたしは首を振る。

実を言うと、お休みしている間、気落ちしたりはしていたけれど。

「バルトル、わたし、もう少し……みんなに魔力の糸の紡ぎ方を教えるの、頑張ってみます」

サイモン様の一件で、わたしも前向きな気持ちになれた。まっすぐバルトルの目を見ながらそう言えば、バルトルは青いきれいな瞳を柔らかく細めた。

「ああ、僕も応援してるよ」

バルトルの微笑みに、わたしも笑い返す。

秋空に吹く風は冷たくなっていたけれど、不思議とわたしの胸には温かなものが宿っていた。

3. 希望の糸口

そして、再開されることになった講習会。

呼びかけても、来ない人もいた。相変わらず、顔だけ出してすぐ帰ってしまう人もいた。

けれど、見通しの持てない中でも、真剣に付き合ってくれる人もちゃんといた。

彼らにも、サイモン様の件はお伝えした。

(わたしやサイモン様は貴族の生まれである、という違いはあるけれど……。でも、黒い髪や茶色い髪なのはここに集まってくれたみんなと同じ。バルトルの仮説が合っているなら……平民の生まれの彼らも、魔力の糸を紡げるはず)

そう信じて話したけれど、わたしと同じような希望を彼らも抱いてくれるだろうか。

その日一日、わたしはドキドキしていた。

途方もないことをしようとしているのは相変わらずだけれど、でも、サイモン様のことがみんなにとっても希望になればよいと思って。

時計の針の音が、カチカチと響いた。

ああもう、今日の講習会も終わりか、と顔が曇りかけたそのとき不意に。

「わっ！」

甲高い悲鳴に近い声が静かな部屋に響き、みんな一斉に振り向く。

この講習会に参加してくれている中で、一番小さい年の男の子だ。

慌てて席を立ったらしい彼は、手を前に突き出し、見るからにオロオロとしていた。その手の、人差し指の先に、キラキラと輝く細い糸が見えた。

「……！」

魔力の糸だ。

「わっ、わっ、わあ！」

狼狽えた少年は人差し指を立てたまま、うしろにひっくり返ってしまう。

「大丈夫!?」

「び、びっくりしたあ……」

駆け寄って小さな身体を抱き支える。後頭部を押さえながらも、少年は倒れたことよりも、今、自分自身の身体に現れた変化に動揺しているようだった。

「なんだか急に指先が熱くなって……なんか……へんなかんじ……」

声変わり前の高い声で、少年は舌足らずに喋った。

わたしは彼が特に怪我していないのを確認すると、床に落ちた……糸の破片をつまみあげた。たまたま、あの一瞬を目にしていなかったら、このまま気づかないでいたかもしれないほど小さく、儚い糸のひとかけら。

「……これが、魔力の糸？」

「ええ。そう、キラキラして、透き通っているような……銀色のような、虹色のような、不思議な色でしょう？」

まじまじとそれを見つめる少年に頷いて見せる。

少年は自分が作り出したものであるはずなのに、「えぇ？」と怪訝な声をあげて、身体をくねらせた。

「ほんとにぃ？　なんか……へんなのぉ」

照れている、のだろうか。へへ、とはにかむ彼を微笑ましい気持ちで見る。

「あのね、ぼく、もういっかいやってみるね！　……あれっ」

もう一度指をくるくると回してみる彼。けれど、今度は魔力の糸は出てこなかった。

「おっかしいなあ……さっきは、なんか、ぶわあーってなったのに」

「大丈夫よ。わたしも、習い始めのころは上手にできるときと、ちっともできないときがあったから。あなたが上手にやれるのは、見ていたから知っているわ。きっとまたできるよ」

少年は「ううん」と口を尖らせていたけれど、しばらく指をくるくる回し、それからニコと笑った。

「うん！　ぼく、またやってみるね！」

その笑顔があまりにも眩しくてわたしはつい目を細めてしまった。

それから、この日、男の子がもう一度糸を作れることはなかったけれど、このことは間違いなくわたしと、講習会に参加してくれている人たちの希望になった。

「そうかそうか、思ったよりも早かったな」

講習会の参加者がみんな帰ったあと、知らせを受けてやってきた国王陛下とバルトル、そしてわたしの三人は人気《ひとけ》がなくてだだっ広い会場に集まっていた。

「これがその、魔力の糸？」

「は、はい。ちっちゃいですけど……」

「……そうだね、間違いない。この糸にはちゃんと魔力がこめられている」

失くさないように小さい透明なケースに入れられた魔力の糸のひとかけらをバルトルがつまみあげ、しげしげと眺める。

「よかった。僕も、想定よりも早く糸を作れる人間が現れたな、って感想だけど、実際に取り組んでる君たちからしたら、途方もなくて大変なことだったろう？　よくやってくれたよ、本当に。ありがとう」

「わたしはそんなに……。でも、みなさんは本当に根気よく、付き合ってくださって……」

『ようやく』という気持ちがないわけではないけれど、でも、わたしも、思ったよりも早かったという感想だった。そして、それがとてもありがたかった。

本当に平民でも魔力の糸を作れるかは、確証がなかったから。

サイモン様の件で、わたし以外の黒髪や茶色い髪の貴族も魔力の糸が作れることが実証されて、それが励みになったけれど、それがなかったら、わたしは今頃もっと後ろ向きだったろう。

(糸が作れたあの子以外のみんなにとっても、『もしかしたら自分でも、本当に魔力の糸が作れるかもしれない』って、目に見える目標ができた)

こんなに小さな糸だけれど、間違いなくこれは、みんなの希望だ。

バルトルに続いて、陛下が真剣な眼差しで魔力の糸を眺める。

しばらく静かに、ただ見つめ、それからたっぷり時間をかけて陛下は嘆息する。

「……」

声にならない声が聞こえた気がした。それは安堵だろうか。

自らを引き締めるように、陛下は眉間に深いしわを作られた。

「……まだ、作ることができたのは一人だけだな。その子がたまたま、ってだけかもしれない。もしかしたら実は貴族の血が入っている子かもわからん。ともあれ、すぐには公表できないことは確かだ」

陛下の重い声に、わたしも頷く。

「今の貴族への反感が強い状態では危うい。地盤を整えてから慎重に、平民でも魔力の糸を作れる可能性を伝えていこう。もちろん、彼以外にも魔力の糸を作れる平民が現れないか様子を見つつ、な」

「はい！」

威勢良く頷くと、陛下は意外そうな目をわたしに向ける。

「おっ、いい返事だな。ロレッタよ、おまえ、大きい声も出るんだな」

(バルトルにも驚かれたことがあるけれど、そんなに意外かしら)

ちょっと複雑な気持ちになりながらも、わたしは陛下に微笑みを返した。

陛下と比べたら、わたしの視野も、思いも願いもちっぽけなものだと思うけれど、この世の中に幸せに暮らす人が今よりももっと増えていったらいい。

そのために、わたしも何かができるなら、その何かをしていきたい。

そう思った。

◆◆◆

「……これから、どうなっていくんでしょうか」

「うん?」

帰り道。夕陽を眺めながら、ぽつりと呟きが零れた。

バルトルはきょとんと鼻にかかった声を出して、わたしの顔を一瞥し、そして、わたしの眼差しの先の夕日をバルトルもまた見つめたようだった。

「まあ——気負う必要はないいんじゃない?」

バルトルはあっけらかんと笑う。

これから。いままで魔力の糸が作れないとされてきた人たちでも、魔力の糸が作れるのかもしれないという可能性によって、この国はどう変わっていくのか。

「僕たちが責任を負うことじゃないよ。少しでもこれから、良くなるんならよし。なんにも変わらなかったら、それはしょうがない」

「……はい」

わたしはこの国に生まれた一人というだけに過ぎない。バルトルもそうだ。わたしたちはこの国の責任を負う立場ではない。

……けれど。

バルトルの言葉に頷きながらも、なお顔を曇らせているわたしの髪を、バルトルの少しひやりとした指がすくった。

「黒髪の令嬢……いや、もう、令嬢ではないよな。僕の奥さんなんだから」

バルトルはくす、と笑う。

「そんな風に呼ばれる子はいなくなる。少なくとも、貴族に生まれてきたのに黒髪や茶色い髪をしていても悲しい誤解を受ける子はもういなくなるよ。それだけでも、たいしたことだと思わない?」

「……バルトル……」

「僕たちの良き未来のために頑張ろう。ロレッタ」

バルトルは、そう言ってわたしに手を伸ばしてきた。夕焼けのまぶしさで陰る彼の顔を見上げながら、わたしはその手を取る。彼の少し冷たい手を、わたしは少し火照った手のひらでぎゅっと握った。

「ねえ、バルトル。わたし、魔力の糸を紡ぐことで、この国の人たちがもっと暮らしやすくなっていくようにしていきたいです」

「そっか。それ、僕の夢と一緒だね」

夕焼けがまぶしくて、バルトルの表情はわからなかったけれど、間違いなくバルトルは笑顔を浮かべていた。

吹いた風が、伸びたわたしの黒髪をなびかせる。

一緒に頑張ろう、とどちらともなく言いながら、二人、歩いて行った。

◆◆◆

「サイモン様！　ようこそいらっしゃいました」

「ありがとうございます。伺えて、嬉しいです。ロレッタ様」

ある日のこと。サイモン様が我が家を訪れた。かつての約束を果たしてくれた彼の立派な姿に思わずじんとくる。

最後にお会いした日には、顔を隠すほど長かった前髪はそんな名残はいっさいなく、眉の上で短く切られていた。こうしてちゃんとお顔が見えているると、彼が爽やかな顔立ちをしていることがよくわかる。

「……髪も切られたのですね、よくお似合いです」

「はは……。こんなに短くしたことがなくて恥ずかしい限りですが……」

彼のきれいなヘーゼルアイもよく見えた。

「ロレッタ様は……相変わらず美しいお髪《ぐし》ですが、もしかして、ずっと伸ばしてらっしゃるのですか？」

サイモン様は、最後にあったときよりもわたしの髪が長くなっていることに気がついてくれて、そう聞いてくれた。

「はい。わたしは……実家にいたときは髪が短くて、長くするのが憧れだったので」

「はは、そうなんですね。……不思議なものですよね。たかが髪を切ったり伸ばしたりするだけで、気分が変わるなんて」

「ふふ、面白いですよね」

わたしの髪は、もう肩甲骨よりも長くなり、まもなく腰にまで届く長さになっていた。

用意してもらったティーセットのお茶とお菓子をいただきながら、わたしと彼は歓談に耽る。本当はバルトルも一緒であればもっとよかったのだけれど、残念ながら今日バルトルは出張で呼ばれてしまって不参加だ。

「あれから……魔力の糸を国に納品させていただくことになりまして。僕は生まれてきたこと自体を隠されてきた子どもだったけど、戸籍も認められたんです。僕はもう……そういうのは別によか

不貞の子は
父に売られた
嫁ぎ先の
成り上がり男爵に
真価を見いだされる
2
A genius magician dotes on a black-haired lady
天才魔道具士は黒髪の令嬢を溺愛する
三崎ちさ
illustration 花染なぎさ
初回版限定
封入
購入者特典
特別書き下ろし。
バルトルとレックスの
不思議な関係
※『不貞の子は父に売られた嫁ぎ先の成り上がり男爵に真価を見いだされる　天才魔道具士は黒髪の令嬢を溺愛する ②』を
お読みになったあとにご覧ください。
EARTH STAR
LUNA

「レックス、お前、ロレッタとの距離感ちょっとおかしくないか？」

静かな休憩室。たまたま二人きりになったバルトルとレックス。二人は今日もまた、偶然仕事場を共にしていた。窓の外からは夕日が差し込んで濃い影を落としていた。

突然投げかけられた言葉に、レックスは無表情のまま首を傾げる。

「何を言う。バルトル・ガーディア」

琥珀色の瞳がまっすぐにバルトルを見つめる。バルトルはわずかに眉をしかめた。

「今日、ロレッタが僕にお弁当を届けてくれたよな」

「ああ。ガーディア夫人はマメだな」

「ロレッタはマメだし優しいよ、それはさておき、お前、ここぞとばかりになぜか手を握りに来たよな!?」

「挨拶だが？」

指を指してくるバルトルに、きょとんとしてレックスは返す。

「おかしいだろ、距離感が！　お弁当を届けに来てくれた仕事仲間の奥さんの手を！　握りに行くか!?どうなってるんだよ、貴族って！」

「挨拶だが。むしろ、礼儀だろう」

「お前、あんな……夜会とかじゃ常時塩なのに!?」

「知らん。夜会でも別に向こうから来ればちゃんと対応する。誰も俺のところに来ないだけだ、それは」

「声かけにくいんだよ、お前。会場にいるとずっと何か一生懸命食べてるし、すぐに人気のないところにフラッと音もなく出ていくし。『氷の貴公子』の噂だけ独り歩きしすぎ」

ブツブツというバルトルにレックスは口元に手をやり、怪訝な目を向ける。

「おかしなことを言うのはお前のほうだ。俺はお前の妻のことを名で呼んだこともないというのに」

「……まあ、そうだな」

レックスは常にロレッタのことは『ガーディア夫人』と呼ぶ。それは事実であるので、バルトルは多少「ぐ」と思いながらも呑みこんだ。

「指摘された『手を握る』件も、挨拶の範囲内でごく一般的なものだ。お前は妻に対しての信頼がないのか？」

「お前めちゃくちゃムカつく言い方するよな……。ロレッタを疑うわけないだろ！　単純に僕が嫌ってだけだよ！」

「そうか」

レックスは口元にやっていた手を下ろし、バルトルを正面からじっと見つめ、口を開いた。

「お前が変なだけだな」

「言い切るなよ！」

「あまり夫人を困らせるなよ」

「なんでお前にそんなこと言われなくちゃいけないんだ僕が!?」

「お前にそのつもりはなくとも、彼女からすれば『自分は信頼されていない』と感じてしまうかもしれない。全方位無差別の嫉妬はよくない」

「……ぐ……！」

レックスの弁に、バルトルは反論できなかった。さきほどは飲み込んだ『ぐうの音』が出た。

「彼女は良い人だと思う。大事にしてやれ、彼女の気持ちを尊重することも大事だ。箱に囲って猫かわいがりして、外部を脅威認定して威嚇するばかりでなく、見守るのもまた、『大切にする』ということだと思う」

落ち着いた低い声が響いていく。バルトルは眉根を寄せながら、レックスを見返していた。

「……お前の口からここまで的を得たことが出てくることが驚きすぎるんだけど、誰かに何か言われたことあるの？」

「いや？　常日頃思ってきていることだが？」

「お前、表出がめちゃくちゃなだけで、意外とまともなんだな……。いや、お前が……お前がまとも……？　いや……」

「お前はやっぱり変なやつだな。なぜ、そのような謎の葛藤を？」

「お前は本当に僕が言われたくないことを言ってくる天才だよ」

このやりとりの間もレックスは一切表情を崩さず、淡々としていた。

バルトルにとって、レックスは心底『わからない』奴である。悪い奴ではない、むしろ、人としての性根は善良の部類であることはすでにわかっていた。だが、あまりにも、レックスはバルトルが理解できる範疇に収まらない人物だった。どうしてこんなにも飄々としているのか、世離れした雰囲気であるのか、同じ言語を使って会話しているのにどこか一足飛びの発言を繰り返してくるのか。ひたすらの自由人かと思えば、まっとうなことを言ったりもする。

「ガーディア夫人も、お前のそういうところが放っておけないのかもしれないな」

「……待て。なんで僕が変な奴、って感じで言ってるの?」

「俺も弟がいるから気持ちはわからないでもない。よかったな、バルトル」

レックスの手がバルトルの肩をぽんと叩く。バルトルは目を見開いた。

「お、おい！　そ、それどういう意味だよ!?　僕がどうしようもない奴、ってこと?」

「何をそう焦る。良いことだと言っている。かわいげというのは意図しては得がたい貴重なものだ」

「くそっ、王都で仕事し続けてる限りコイツとこれからも現場一緒になること頻回にあるのかよ！　引っ越そうかなあ！」

「できないことをやってみようかと言うものではない。言葉の価値が下がるからやめておいたほうがいい」

「そうだな！　王様にも気に入られてるし、僕たちまだまだ全然隠居できそうにないよな！　ああクソ！」

「よくわからんが、お前は忙しない男だな」

「ほんっとお前はつくづく言われたくないこと言ってくるやつだよな！　めんね！　さっきはいちゃもんつけてごめんね！　ロレッタには今日ケーキ買って帰る」

「そうだな、それがいい。頑張れ」

「……別にロレッタには怒られても呆れられてもいないよ！　ただの僕の気分だよ！」

そうか、と呟いたレックスの表情はやはり涼しいままで、バルトルは一人はあと大きくため息をつくのだった。

ったんですけど」

サイモン様は言いながら苦笑する。

「陛下が僕と同じような境遇の方々を見つけてきて、その人たちに魔力の糸の紡ぎ方を伝えるという仕事も任せてくださるようになったんです。一日中、地下室でぼうっとしているか、一人でボードゲームをしていた僕が、信じられません」

「まあ、ボードゲームがご趣味だったんですね」

「それくらいしかやることがなくて」

刈り上げた首の後ろを掻きながら、サイモン様は「はは」と照れくさそうに笑う。

「……僕たちみたいな黒髪や茶色い髪の子は……どうも魔力の量が多くて、糸の質も良いみたいで、陛下は大変喜ばれていました」

「そうなのですね……」

バルトルの仮説でいうと、黒や茶はいろいろな色を混ぜてできあがった色。つまり、火、風、水、電気、いろいろな属性が混じり合った魔力を持っているということで、そのため糸にしたときの魔力の質が良くなるのでは、ということだった。量が多い、というのも、いろいろな属性の魔力を有しているから、そのぶん量も増えるのでは、と。

「僕たちとしても、いままで認められてこなかった存在価値が認められて嬉しいし、全国的な魔力の糸の供給不足もこれで解決していくのでは……という見通しらしくて、それも喜ばしいことですね」

サイモン様のお言葉に深く頷く。

わたしも同じことを思う。

「ロレッタ様。僕はあなたの存在を知らなかったら、自分にも力があるんだなんて思いもしなかった。本当にありがとうございます」

「そんな、わたしは……」

わたしは、運が良かっただけだ。

たまたま、幼い頃に魔力の糸を偶然作ってしまうことがあって、それを見ていたお母様がわたしをアーバン家の跡取りにするために魔力の糸の作り方を教え込んでいたから。……跡取りにさせようとしていたことは、幼かった当時のわたしは、そこまでは知らなかったことだけれど……。

そして、そんなわたしをバルトルが見つけ出してくれて、こうして外の世界に連れ出してくれて。

こう考えると、全ての縁を結んだのはお母様のおかげ……ともいえるかもしれない。

複雑な胸中を、わたしは口の中に溜まった唾と一緒に飲み下した。

「……きっと、わたしじゃない誰かがそうしていたかもしれない。たまたま、わたしがそれができたから、そうしただけですよ」

なんと返そうか迷って、なんとかそう言うとサイモン様は「いやいや」と手を振った。

「もしも僕が、自分は魔力の糸を紡げるんだ、ってわかってても、テロリストに捕まえられてたら何もできずにおびえていただけですよ」

「そ、そんなことはないと思いますが」

「すごいと思います！」

キラキラとしたサイモン様の瞳を見ていられなくて、わたしはうつむいた。

バルトルにもよく「君って意外と思い切りがいいよね」と言われるから、そうなのかもしれない。

少し恥ずかしい。

「世間知らずで育ったからかもしれません」

「それを言うなら僕だってそうですよ。でも僕には怖くて無理です」

「そう……でしょうか」

自分ならなんとかできるかもしれない、そう思ったのに何もしないでじっとしているのもつらいことなのではないかと思う。わたしだったら、ずっとハラハラしっぱなしで余計に気が気ではないかもしれない。

「まあ、なんというか、こればっかりは……性格ですよね、うん」

「はあ……」

サイモン様はご自身で折り合いをつけたのか、お一人でうんうんと頷きだした。

「ああ、でも、やっぱり信頼できるパートナーがいるのも大きいんでしょうか。バルトル様、素敵な方ですよね」

「まあ。ありがとうございます」

それはある。つい綻んでしまった口元を片手で軽く押さえる。サイモン様の微笑ましげな笑みが少しくすぐったかった。

「僕もいつかそういう人と出会えたらよいのですが……」

「サイモン様でしたら、きっと素敵な方と出会えますよ――」

そう話しながら、耳に小走りな靴の音が聞こえてきていて、「ん？」と思う。振り向くと、そこには金の髪を掻き上げながら、わたしの座るソファに手をつくバルトルがいた。

「……ずいぶんと楽しそうにお話をするね、僕の奥さん。なんのお話？」

「バルトル」

出張で出て行っていたのでは？　と聞く前に、バルトルは「あんなの秒で終わらせてきたよ！」と言って、わたしの隣に座り込んだ。

慌ててサイモン様は席を立ち、バルトルに向かって行儀良くお辞儀をしだす。

「バ、バルトル様。ご無沙汰しております！　あの節はどうも、お優しいお言葉をかけていただき……」

「サイモン様、どうぞお越しくださいました。お出迎えができず申し訳ない。いや、ずいぶん男前になりましたね」

「きょ、恐縮です」

短くした髪を押さえて、頬を赤らめながらサイモン様は答える。バルトルに促されて、少し慌て気味にもう一度着席した。

「陛下からよくあなたの話を聞きます。ご活躍されているようですね、妻も同じ境遇でしたから……サイモン様をはじめとしたみなさんのご活躍は、僕も我がことのように嬉しいです」

そう言うバルトルの表情は本当に嬉しそうだった。

バルトル自身が言った言葉の通りだろうし、そして、サイモン様たちのような方々のご活躍はバルトルの仮説の証明でもある。ひいてはバルトルが目指す『魔力の糸が誰にでも作れて、魔道具という便利なものをもっと、誰でも活用していける世界』。その実現に繋がっていくのだから、とても喜ばしいだろう。

（……それなら、ちょっとツンケンしたりなんて、しないでもいいのに？）

それとこれとは別なのだろうか。よくわからない。仲のいい男性ができたとしても、バルトル以外の人のことを好きになったりなんかしないのに、バルトルは不思議なほどわたしと異性の接触を嫌がる。

恋愛小説に、そういうやきもち焼きな恋人のことを「もうっ」とまんざらでもなく思うヒロインのお話があったけれど、わたしはただただ不思議な気持ちだった。

（バルトルは、わたしが浮気するだなんて思っているのかしら）

バルトルが帰ってきて、まもなくサイモン様がお帰りになる時間になってしまった。

二人で門まで送り、その背が見えなくなると「僕たちも屋敷に戻ろうか」と言ったバルトルの腕を引く。

「ん？　どうしたの――」

振り向いて、少し背を屈めた彼の首の後ろに手を伸ばし、そして勢いに任せてぐっと引き寄せた。

目を丸くしているバルトルと唇を重ねる。

「──え、なに、ど、どうしたの」

「わたしがこうしたくなるのはあなただけですから、もう少し落ち着いてください」

「え……えっ？」

　バルトルは口元を押さえながら目線をうろうろとさせる。大きな手のひらからのぞく頬は赤く染まっていた。しばらくそわそわとした様子だったバルトルだけれど、はあ、とため息をつくとちらりと横目でわたしを見た。

「……君さぁ、やっぱり、案外思い切りがいいよね」

「よくわかりませんが、そうみたいです」

　想定していたよりも、バルトルを真っ赤にさせてしまったけれど、これでバルトルの嫉妬癖というか、牽制癖というべきか、そういうものが落ち着いたらいいなあと思った。

エピローグ

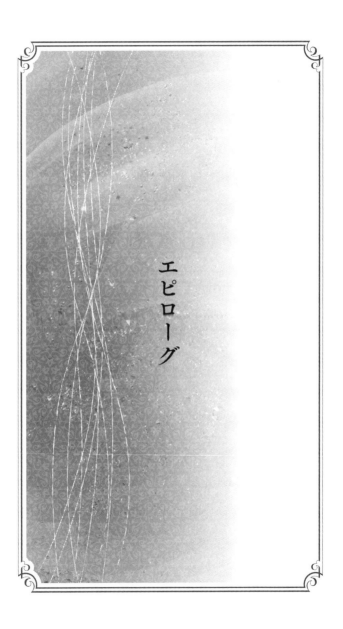

（結局、あの子からの返事は来なかったわね）

ぼんやりと窓を眺める。青い空には雲の一つもなかった。

ルネッタに、今日の日のことは手紙を書いて知らせていたのだけれど、来るとも来ないとも、返事はなかった。

そんな気はしていたから、落ち込みはしないけれど、少しだけさみしい気持ちになってしまった
わたしは、小さく首を振り、あえて声に出して「よし」と言って、椅子から立ち上がった。

かつてのわたしの家族たち。アーバン家はもう存在しない。

魔力継承の儀に失敗し、魔力を失った父は貴族籍を失い、親戚からも誰からも助けの手を差し伸べてもらえず、お金もない彼はあっという間に最下層にまで落ちぶれてしまったらしい。

母は……火の魔力を使って人を傷つけかけて、そしてアーバン家の屋敷に火をつけてしまったことから拘留されて、今はもうとっくに牢を出たはずだけれど、その後の行方を全く聞かない。

そして、わたしの妹、ルネッタは――どんな手紙を出しても、返事がくることはなかった。けれど、きっと、ルネッタはしっかりした子だからちゃんと暮らせているのだろうと信じている。

「……」

わたしは瞳を伏せ、そっと首を振った。

失敗してしまった魔力継承の儀。あの日以来、彼らのことを思い出すのは久しぶりだ。

バルトルは彼らがどうなったのか、「知らなくてもいい」と言ってくれた。だから、自分もあまり彼らのことは考えないように過ごしてきたのだけれど。それでもなぜか、急に思い出してしまっ

た。

彼と初めて会った日、書類の上での夫婦となったあの日。あのころ短かった髪は今はもう腰にも届くほどの長さになっていた。

両親に疎まれ、ずっと短くして帽子で隠してきた黒髪。彼と会ってから伸ばし始めて、彼と共に過ごした時間の分だけ、わたしの髪は長くなった。

そう思うと、余計に自分の髪のことが愛おしくなる。

せっかく長く伸ばした髪だから、アップスタイルにするのも肩を出した細身のドレスには似合っていたけれど、長さがわかるようにふんわりとハーフアップにして編み込みをしてもらうことにした。今日という日のために磨きあげられた髪は普段以上に艶やかで、真珠の粒が埋め込まれたティアラの輝きにも負けていなかった。

今日は、バルトルとの結婚披露宴だ。


ヴェールを被り、わたしはバルトルの下へと向かう。

本当によく晴れた日だった。どこまでも青空が広がる晴天。

開放的なガーデンに設けられた白いアーチの祭壇。柔らかな色彩のたくさんのバラがアーチを彩り、とても華やかだ。

祭壇の前に二人で並び、バルトルはわたしの顔を覆うヴェールを上げる。

「……きれいだ」

思わず、という風に溢れ出たバルトルの言葉にじんと胸が熱くなる。

降り注ぐ暖かい日差し、瑞々しく色鮮やかな草花、そしてわたしたちを祝福するために集まってくださった方々に見守られ、わたしたち二人は夫婦の誓いを交わしたのだった。

「……わたし、こんなに幸せでよいのでしょうか」

「もちろん。だって、僕の奥さんなんだから、幸せになってもらわなくちゃ」

バージンロードを見つめながら口をついて出た言葉に、バルトルは朗らかに笑って見せた。

「バルトル……」

「……ドレス、似合っている。やっぱり君の髪が伸びるまで待った甲斐があった。今の君は、世界で一番……きれいでかわいい！」

「きゃっ」

ヒュー！　と囃し立てる声と、口笛の音。

「ほら。君の黒髪が陽の光に照らされて……天使の輪みたいだ」

バルトルがわたしを横抱きにして抱え上げたのだ。

わたしはぎゅうとバルトルの意外と太い首にしがみつく。すぐ真横にバルトルの青い瞳が煌めいていた。そして、その煌めきの中に映ったわたし。

わたしとバルトルはバージンロードの真ん中で本日二回目の口付けを交わし、大いにみんなを沸かせたのだった。

（あ）

視界の端に、ふわふわの金色の髪をした女の子が映ったのは——見間違いだったろうか。

よく晴れた春の日の見せた幻だったかもしれない。けれど、わたしはつい、どうか妹も幸せになってと祈らずにはいられないのだった。

◆◆◆

「……ねえ、そういえば、前に言っていた三の月の十日ってなんの日だったんですか？」

「——今それを聞くのかい！」

式は終わり、今は夫婦の部屋に二人きり。先ほどまで愛おしげにわたしの髪を撫でていたバルトルは、穏やかな雰囲気を一転させ、ぎょっとしていた。

「ずっと気になっていたんです。そろそろ教えていただいてもよいのでは？」

「……君、結構、しつこいよな？」

「あなたのことですから」

「ほら、そういうずるい言い方する……ああ、もう、どうしても？　どうしても聞きたいって言うのかよ」

「はい」

そうでもなければ、バルトルが嫌がるとわかっているのに聞かない。彼に対して少し前のめりになりながらわたしは答える。バルトルはぐ、と何かを飲み込んだようだった。

「――その日、僕は君に会いに行った」

「……？　わたしに？」

三の月の十日。……前に思いだそうとしたときも、そうだったけれど、当然今思い出そうとしてもわたしの中には、その日バルトルと会った記憶はない。

バルトルはいつになく、ぼそぼそと唇を尖らせながら喋った。

「変装して、こっそり会いに行ったんだよ。……君の離れの水回りの調子が悪いんじゃないか、って業者を装って」

「え……」

「ほーら見ろ、引いただろ！　だから言いたくなかったんだ」

「え、いえ、引いては……」

驚いただけで。なんとか思い出そうとする。そういえば、日付はハッキリしないけれど、急に離れに魔道具士の人がやってきたことがあった記憶はある。アレが三の月の十日のことだったんだろうか。

「……それを隠してたんですか？」

「そうだよ、気持ち悪いだろ、ストーカーみたいなことして……」

「……あの」

拗ねたみたいに布団に倒れ込み、唇を尖らせるバルトルの肩を揺する。

「驚きましたけど、驚いたのはそのこと自体にじゃなくて。そんなことを今まで隠していたの？

というのに驚きました」

「……つまり？」

「おっしゃってくださったらよかったのに。こんなことくらい」

「こんなこと!?　そう思うの!?」

「はい……」

バルトルは形の良い目をまんまるに見開いてわたしを見る。

しばらく見つめ合ってから、バルトルは「はあ〜」と長くため息をつきながらベッドの上で半回転した。

「絶対引かれると思ってたんだよ……僕は。だって、なんの確証もないのに、決めつけて、詐欺まがいのことして君の家まで乗り込んで。どう考えても気持ち悪いやつだろ」

「うーん、それは……」

眉を下げて拗ねているような、情けない表情のバルトルをチラリと見ながら考える。

「気持ち悪いとまでは思いませんけど、でも、不思議ではあります。……どうして、アーバン家の納める魔力の糸が、わたしが紡いだものなのだと思ったんですか？」

「なんとなくわかるんだよ。糸をいくつか並べればそれぞれ糸の違いがわかる。君の家から納められる電気の魔力の糸は三種類あった。標準的な量を納めているのがお父さん、ほんのちょっとしかないのが君の妹、そしてたくさんあって質もいいのが君のだった」

「……でも、それでしたら、きっと質がよくてたくさんあるのが妹の作ったものだと思いませんか？」

「それも、なんとなく、だよ。君の妹と直接会って話したことはないけど、夜会とかで遠目に見かける機会はあった。見ていてなんか違うな、って感じだったから」

「……そうなんですか？」

うん、と頷くバルトル。

「人によって紡がれる魔力の糸はひとつひとつ違うんだ。僕はそれを見ていると、なんとなく、ああこの糸はこの人が紡いだものなんだな、とかがわかるんだ。無意識に魔力を感じてたりするのかな？」

バルトル自身、あくまでそれは肌感覚によるもので、はっきりと言語化はしにくいのか、口元に手をやって考えながらわたしの問いに答えてくれる。

「それで君の妹じゃない。お母さんは火の魔力持ちだから違う。そうなったときに行き着いたのが君……ってわけ」

「そう……だったんですね」

「僕も思い込みがすごい奴だな、って自覚はあるよ！　あるから……言わなかった」

そう言うバルトルはひどくバツが悪そうだった。

なんだかそれがおかしくってついクスクス笑ってしまう。

「バルトルは、糸からわたしを見つけてきてくれたんですね」

「うん、そうだよ。忍び込んで、そして君に会ったとき、絶対に君がそうなんだって確信した。それで、結婚を申し込んだ」

「そうなんですね……」

わたしが紡いだ魔力の糸が、わたしとバルトルを会わせてくれたのか。そう思うとなおさら、魔力の糸が自分にとって大切なものである気がした。

バルトルはなぜか慌てて「あ！」と顔を上げる。

「でもさ！　君を囲い込もうと思って結婚したわけじゃなくて！　あの家から君を連れ出すなら結婚しちゃうのが一番いい方法だと思ったからで、もしも君があの家を出てから、僕以外の人で誰かいい人がいたなら、その人と幸せになったらいいな、って考えてた……んだけど」

「は、はい」

「……君と会ったらすぐに君のことが好きになっちゃったから、僕がその誰かになりたいって思っちゃって。ごらんのとおりだ、ごめんね」

「まあ」

そんな風に考えていたのか。

まさか、バルトル以外の誰かと——なんて、考えたこともなかった。

（そうか……結婚は、バルトルにとってはわたしをあの家から連れ出す『手段』だったのね）

そのために結婚というカードを切るなんて、大胆な人だなあと思う。

「バルトル、わたしを連れ出してくれてありがとう」

「ううん……その、色々、強引なやり方でごめんね」

「バルトルがいなかったら、きっとわたしは……お母様の言いなりで、あの家にいた。妹のことも、今よりもずっと傷つけてしまっていた。だからわたし、あなたに連れ出してもらえてよかった」

魔力継承の儀での、母の復讐。それはわたしがバルトルに嫁いでいかなくても行われていたはずだ。そして、わたしは母の復讐の道具として使われて、ルネッタを傷つけて、そのままアーバン家を継いでいたはずだ。想像するだけで寒気がする。

「わたしはずっと、離れに一人きりで閉じ込められていたのに、バルトルに見つけてもらえたのは奇跡だわ。……ありがとう」

「……ロレッタ！」

「きゃっ!?」

ぼふん、と音を立てて、バルトルに押し倒されたわたしはベッドに埋もれた。

バルトルはぎゅうぎゅうにわたしを抱きしめている。

「つまらないことずっと隠しててごめん。今日話せてよかった。僕、君と会えてよかった」

「……うん。わたしも……」

そっとわたしもバルトルの背に手を回す。

このまま、どこまでも幸せになれるような気がした。

◆◆◆

いつしかわたしとバルトルの間には子どもが生まれた。

ブロンドヘアーに……蜂蜜のように濃い黄色の瞳をしたかわいらしい男の子だ。

それを見て、なんだかわたしは笑ってしまった。父と同じ髪の色と目の色の子だった。……このとき、ようやくわたしは『不貞の子』ではなかったのだな、と実感した。

初めてバルトル、彼と出会ったときには彼のブロンドの髪を父と重ねてしまい、怯えていたわたしだけれど、この子の髪や目を見て父を思い出して、怖がることはない。まるでわたしにはあまり似なかったけれど、とにかく愛おしくて仕方がなかった。

近頃、世界が前以上に明るく見えるのはきっと気のせいではないだろう。

バルトルは、「自分が子を持つことが怖い」とこぼしたことがあった。

物心ついたときにはスラムにいて、親に育てられていたときの記憶がない彼が、そう考えてしまうのはやむを得ないことだろう。わたしも、二人でいられれば子どもができなくてもかまわないと思っていた。

「これからの世界をこの子と一緒に見られたらいいよね」

けれど、かつてそんなことを言っていた彼が、この子が生まれたその日に、小さな手を握りながら優しく言った表情を、わたしはずっと忘れることはないだろうと思う。

王都を三人で歩いていると、同じくらいの年頃の子どもたちがたくさん目に入った。

成長した息子はしょっちゅうバルトルの工房に忍び込んでは床に転がるボルトや部品で遊び、開発途中の魔道具のあらゆるボタンやスイッチを熱心に押すのだった。

「あなたみたいに魔道具士になるのかしら」

「さあ、なんでも自由にやればいいと思うよ」

二人で笑い合う。愛しい我が子もキャッキャと楽しげに声を上げていた。

わたしは幸せを噛み締めながら、そっとバルトルの手を握るのだった。

FIN

番外編　バルトル・ガーディアの前日譚

「……家が燃えている……」

男爵位をもらったばかりのこの男、バルトル・ガーディアは炎上する我が家をどこか他人事のように眺めていた。

◆◆◆

さて、住む家を無くした。

不審火ということで警官隊の調べが入ることになったが、まあ犯人は見つからないだろう。それを必死に追う気持ちはバルトルにはなかった。あるのは、寝に帰る場所がなくなったなあという一点のみだった。

貴族籍を手に入れた平民の魔道具士、バルトル。

国王陛下直々に爵位を賜ったその帰りに家が燃えた。

バルトルが今日王宮に招かれていたのは爵位の授与のためだけではなかった。バルトルは魔道具のエネルギー効率の改良化開発を行っていて、それが国王陛下に評価されたのだ。その功績を讃えられた。

今までは魔力の糸の品質によって魔道具の動作性や消費エネルギーが左右されていた。品質の良い物を使うと出力も上がるが、その分だけ過剰にエネルギーも消費し、あっという間に魔力の糸は消費されていってしまう傾向があった。それを、魔力の糸の品質に拘《かか》わらず決められた一定の出力、エネルギー消費を保って使えるように改良したのだ。これにより、高品質の魔力の糸を使った場合には保ちが良くなった。

ただこれは『魔力の糸の価値を下げる』とも見なされた。質の良い魔力の糸を作り出せる貴族の一族はそれで富を得ているのだから、魔力の糸の消費量が減ればその分だけ儲けが減ることを恐れているようだった。

しかし、品質が悪い魔力の糸を使った場合にも一定の出力を保つ、ということは品質が悪いものの場合は反対に、多くの魔力の糸を必要とすることとなる。

そういう意味では貴族たちが恐れているような、品質の高い魔力の糸の価値の低下の心配はそれほどないのだが、多くの貴族はバルトルが発明した改良点である『品質に拘わらず一定の出力とエネルギー消費を保つ』という言葉のインパクトに惑わされているらしい。

（……だから、まだ『魔力の糸の質に拘わらず』っていうところには全然至ってないんだよなあ）

バルトルはブロンドへアーをガシガシと掻く。現状でいえば、バルトルが開発した効率化を進めた魔道具と、従来の魔力の糸の質によって動作性が左右される魔道具とをケースバイケースで使っていくのが望ましいだろう。

画期的な発明というにはまだ全然納得はいっていないが、国王陛下が褒めてくれるというのなら褒められにいかなければいけなかったので、バルトルは国王陛下に褒められてきた。これからさらに改良開発を進める上ではまず評価をされなければ話にならない。だから、ありがたいことにはありがたかった。

そして、帰ってきたら家が燃えていたわけで。

（とんだ大歓迎だなあ）

どうせ寝に帰るくらいだけの我が家だった。燃えたものはあまり愛着のないものばかりでよかった。大事にしていた魔道具の本は懐に携えていたから助かった。これが燃えたらさすがに落ち込んでいた。

これはバルトルが魔道具というものに興味を持って初めて読んだ本だ。だから、今日という節目にお守りがわりに持ち歩いていたのだった。まだまだ中途半端な成果だが、それでも立派な第一歩である。バルトルが魔道具士となる知識を与えてくれたこの薄汚れたボロボロの本に見せてやりたかった。そんな情緒が幸いした。

「はあ、家が燃えた。また、それはそれは」

「うん。だからすぐに住める家を探してるんだ。いいのあるかい？」

路上生活には慣れているが、爵位をもらったばかりでそんなことをしているところを見られたら貴族たちに囃し立てられそうだ。バルトルは早々に気持ちを切り替え、次の住まいを探すことにした。

立ち寄った王都の不動産を扱う店の男は丸メガネをくいくいとしながらしげしげとバルトルを検分しているようだった。

濃い色の金髪、パリッと張りのあるしっかりとした作りの服装。わざわざ言わなくとも、バルトルが『貴族』であることはわかるだろう。こういう場で舐められるのはよくない。バルトルは早速、もらったばかりの自分の地位を活用しようとしていた。――なんで貴族なんて身分の男の家が燃やされるのだ、というところに男は引っ掛かっているようだった。しかしそれは事実として燃えたのだからしょうがない。

バルトルが急かすと、男はあせあせといくつかの物件のリストを出し始めた。

「広い家がいいな。庭付きの。お金はあるよ」

面倒臭くて金銭の類はほとんど銀行に預けっきりなのが功を奏した。魔道具士として堂々と働くようになってからひたすらお金は貯まっていくばかりだった。この金髪と電気の魔力を隠して違法に無資格でいろいろとやっていたときもまあ、違法なりに稼いでいたが。

「……ああ、ココがいいな。広くて庭つき」

「あっ、ああ、そこはある子爵が持っていた邸ですな。……まあ、その、没落して手放された、ってことで縁起悪がられていて、かといって安値もつけられず、なかなか買い手がつかなくて……えー、まあ、その……」

「いくらで買える？　今日、今から住めるかな？」

「えっ、あ、いいんですか？」

ゴニョゴニョと言い淀む丸メガネの男はバルトルをきょとんと見つめ、それから慌てて契約書を用意してくれた。バルトルはそれにさっさとサインを済ませる。

縁起担ぎは貴族や成金の商人はよくやることだが、バルトルはあまりそういったことには頓着していなかった。

店の使い走りが買い上げた邸まで案内してくれて、バルトルは早速今日からここに住むことにした。

敷地も広いし、邸は大きすぎず住みやすそうだ。

（庭に工房を作って……あと、邸には使用人を何人か雇おう）

売られた屋敷の中には家財道具もそのままになっていた。バルトルは埃っぽいソファに寝転がりながら、今後の動きの算段をつける。魔道具の開発のための工房は知り合いに腕利きの職人がいるから彼に依頼する、使用人は信頼できる貴族に相談して紹介してもらうか。できれば、早めに住み込みの使用人に来てほしい。

（うん、常に家の中に誰かいるようにしておけば放火はされないだろう。さすがに）

家の中に誰かがいるとわかっていて火を放つのはさすがに非人道的すぎる。バルトルは放火犯の人情に期待した。そうそう二回目はないだろうが、念のためだ。

バルトルの家を燃やした犯人はきっと見つからないだろうが、恐らくバルトルをよく思わない貴族の誰かだろう、という予想を立てていた。単にバルトルが『魔力を持っている』という理由だけで爵位を与えられたのであればそこまではしなかったろうが、バルトルが権力を得て、ますます旧来の貴族に不利益な発明を進めていくのではないかと恐れていて、その牽制なのだろう。

彼らの中にだっていい人間がいることは知っているが――貴族というのはつくづく面倒くさいなあ、とバルトルはため息をついた。

（……マナー講師も雇うかな。バカにされたくないし）

バルトルはそれなりに負けず嫌いだった。つまらないことで揚げ足を取られたくない。

爵位を賜ったその日のうちに貴族の屋敷を買い上げて住み始めたバルトルを『調子に乗った成金、成り上がり貴族』と呼ぶ噂が出回ったそうだが、バルトルは気にしていなかった。

◆◆◆

バルトルは自分は恵まれた人間だと思っている。

孤児のバルトルが大きくなるまで生きてこられたのはなんといっても、人の優しさのおかげだった。

物心ついたときにはもうバルトルは一人だった。不思議と自分の名前はそのときから『バルトル』だと認識していたから、もしかしたら母はそれなりに大きくなるまでそばにいて、名前を呼んでいてくれていたのかもしれない。それが生みの母なのか、育ての母なのかはわからないが。バルトルは母のことが記憶には残っていなかった。

そのときのバルトルに残っていたものは『バルトル』という名前と、自分の金色の髪をボロ布で巻いて隠す習慣の二つだけだった。

普段は雨風がしのげる場所に潜み、市場に行って残飯を漁ったり、店主の隙を見て野菜や果物を盗んだりした。

「——コラッ！　ドロボウっ！」

「……っ」

張り上げられた大声にバルトルは弾けたように駆け出す。足の速さには自信があった。バルトルは追われてもいつも逃げ切れていた。

「……？」

しかしある日。ふと気づく。

屋台の立ち並ぶ市場の通りから、路地裏に入り込もうと道を曲がる。いつもなら後ろを振り向くことなくそのまま走っていくのだが、たまたまこの日は運悪く猫のしっぽを踏んで転んだ。

やばい、捕まる。そう思ったのだが、店主の親父の太い腕が自分に伸びてくることはなかった。

そっと路地の角から逃げてきた方角を窺う。だが、そこにその店主の姿は見当たらなかった。

次、同じ屋台から物を盗むときにバルトルはわざと遅く走ってみた。追いつかれなかった。

おかしい。

また別の日、バルトルは物陰に隠れて屋台の様子を窺っていた。そして、店主の男と目が合ったが、店主は何も見なかった、とばかりにすぐにクルリと背を向けたのだった。

（……もしかして、わざと、見逃されている？）

バルトルはそう思った。

そうだと思ってからはバルトルはその屋台を避けるようになった。

それから、二週間ほど経っただろうか。毎日、いつものことだが、バルトルは腹が減っていた。

「……おい！　このどろぼう小僧っ。見つけたぞっ」

「……！」

あの屋台の店主だ。バルトルは身構えた。

逃げる。だが、バルトルはあっという間に首根っこを捕まえられた。

そして、バルトルは男に抱え上げられ、どこかへ連れていかれる。

住宅街。漆喰の壁の小さな家だった。

なぜかバルトルは暖かい空間の中にいた。木の板でできた大きな机の上には湯気を立てる何かが器によそわれていた。目の前に置かれているスプーンをバルトルは一瞥する。

その向かい側には、店主の男が腕を組んでどっかりと座り、バルトルを見つめていた。

「……お前さん、親がいないんだろう」

「……」

「養う、なんて立派なことはしてやれねえ。オレにゃ子どもが三人もいて、正直店も毎月赤字だ。だがよ、雨風しのげる寝るところと、売れ残りの食べ物くらいは食わせてやれる。お前さえ、よけりゃ……」

「……」

「……お前、喋れないのか？　一体いつから一人で……」

ガタッ、と大きな音がした。バルトルは走って男の前から逃げ出した。

しばらく走って走って、走り続けて息が上がる。

じわ、と目が熱くなって、バルトルは咳き込んだ。だが、走るのをやめてしまうほうがよほど苦しくなるので走るのをやめることはできなかった。

おさまらない動悸。胸が痛かった。


あれから。

あのときは逃げてしまったバルトルだったが、それからも彼は何かと気にかけてくれて、バルトルも少しずつ彼の優しさを受け入れられるようになっていった。

一緒に住むということこそできなかったが、バルトルが小さいうちに野垂れ死にしないですんだのは彼のおかげだろう。

恵まれている。バルトルはそう思う。


その後も、出会う人たちには恵まれていた。バルトルに魔道具についての本を与えてくれた人、バルトルに文字の読み書きを教えてくれた人。ゴミのストックヤードに不法投棄された魔道具を弄って遊んでいたバルトルを魔道具の工房に連れて行ってくれた人、それらの人がいなければ、自分はこうはなれていなかった。きっとバルトルは他に類を見ないほど、運がいい。

気がついたときには『隠すべきもの』と認識していた金の髪と、電気の魔力。だが、この力がなければ魔道具士にもなれていなかった。そういう意味ではバルトルは生まれ落ちたその瞬間から、恵まれていたのだ。

この髪を晒して、国に申し出ればその瞬間からバルトルは孤児ではなくて、国から保護されるような立場になることは知っていたが、バルトルは「貴族にはなりたくない」と思っていた。

結果としては、まあ、このとおり貴族になってしまったのだが、もうバルトルは大人だった。バルトルは良いように利用はされない、むしろ自分が利用してやるのだというくらいの気持ちでいた。

(これからはもっと魔道具開発に臨めるようになるんだ)

そう思えば、けして悪い気分ではなかった。

◆◆◆

「バルトルくん。私が紹介した彼らはどう？」

「ああ。とても良く働いてくれています。僕が平民上がりだということも気にしないで、いつも明るく働いてくれていて」

「そう。それはよかった」

シルバーに近い白みがかったブロンドヘアーをふっくらと豊かに巻いた初老のマダム・ルリーナは真っ赤な紅を差した唇で白磁器のカップに口をつけた。

邸を買ってほどなくして、バルトルは使用人の男と女を二人ずつ雇った。

バルトルが懇意にしているこのマダムの紹介である。男二人と女の一人はそれなりに年嵩のいった人物だったが、もう一人の女は年若い少女だった。

少女は身寄りがなく、住み込みの仕事を探していたそうだ。若いながら、とても懸命に働いてくれている。

「エイブリルがとても驚いていたわ。バルトルくんはとても覚えがいいって」

エイブリル、というのは彼女もまたマダムの紹介によりバルトルが依頼したマナー講師の名前である。

貴族としての立ち振る舞い方、テーブルマナー、服装、夜会での過ごし方、マナーブックには載っていないような口伝的な貴族のしきたりなど——彼女は一ヶ月ほどの間、バルトルの邸に過ごし、あらゆる知識を叩き込んでくれた。

「元々バルトルくんはとても人に気を使う人ですものね。貴族のマナーなんて言うけれど、貴族なんて関係なしに、マナーというのは共に過ごす人と気持ちの良い時間を過ごすためにあるものだから。バルトルくんにはそれがすでに身についているのだから、あっという間にマスターするのも当然ね」

「マダム、褒めすぎですよ」

ルリーナは、バルトルが爵位を賜る前からバルトルを腕利きの魔道具士として信頼してくれていた人物だった。バルトルもまた、年の離れた貴婦人の彼女に信頼感を抱いていた。

ルリーナは若いときに夫を亡くし、以来女侯爵として生きてきた女性だ。すでに家督は息子に譲っているが、彼女の立ち振る舞いは常に堂々としていて、誇り高さが窺える。

優雅にティータイムを楽しむ姿からは想像もつかないが、若いときは相当苛烈な人物として恐れられてもいたらしい。

そんな彼女がどんなきっかけで自分を気に入ってくれたのか、バルトルはよくわからなかったが、有り体に言えば「面白かった」のかもしれない。

「……きっとバルトルくんはこれから大変よ」

「大変？　何がですか？」

心当たりはあるが、ありすぎてわからない。なにしろすでに一度家を焼かれている。

「電気の魔力は貴族の中でも特にありがたがられるわ。きっとこれから、バルトルくん、いろんな家から婿入りの打診を受けるわよ」

「婿？　……僕が？」

「ええ。それに、あなた、シンプルに顔もいいしね」

「それはないでしょう。僕は多くの貴族にとったら厄介者ですよ」

バルトルはルリーナの言葉に苦笑を浮かべた。

「そうね。嫁に行かせてやってもいい、って貴族はいないでしょうけどね。でも婿としてはあなたはきっと魅力的だと思うわ」

「知らない家から手紙が届いたら中身を見ずに全部燃やします」

「あらあら」

要は、『都合がいい男』として扱われるということだろう。電気の魔力で紡がれた糸は国に高額で買い取られる。

それにくわえ、一部の貴族にとっては目の上のたんこぶであろう厄介な開発をしているバルトルだが、その開発の特許で得た莫大な金も魅力的だろう。

貴族との婚姻、しかも婿入りだなんて絶対にごめんだとバルトルは思う。

「いい人がいるなら早く結婚してしまった方がいいわよ」

「いませんね」

「あなた、顔はいいのにねえ」

ルリーナは頬に手を添え、不思議そうに小首を傾げた。

別に女性を避けて過ごしてきたわけではないが、バルトルが歩んできた人生に『愛すべき女性』が登場することはなかった。誰かを好きだと思う間もなく、ひたすら魔道具士としての研鑽に励んでいたせいか。

マダム・ルリーナの言うとおり、早々に身を固めてしまえば貴族たちに『金ヅル』として見られずにすむだろうが。

◆◆◆

男爵位を得たバルトルの貴族としての初仕事は国王主催の夜会に出席することだった。

パートナーを伴わずにバルトルが入場すると、人目を引くとともに会場のあちらこちらでざわめき声があがる。

（……マダムの言うとおりだな）

会場入りして間も無く、バルトルは若い女に声をかけられた。適当にあしらっているともう一人。バルトル自身にはたいして興味はなさそうだ。しきりに身なりばかりを褒められ、バルトルも

「素敵なドレスですね」とご令嬢の着ている服だけを褒め返した。

しばらくすると、見知らぬ中年紳士が寄ってきて「……実は私は君のことを買っているんだが……」と、慣れない貴族社会に突然放り込まれたうえにあまり良い評判を聞かないバルトルを憐れんでみせてから「実は私には娘がいてね」と持ちかけてくる。

バルトルはげんなりしていたが、エイブリルのマナーレッスンで学んだ通り、薄っぺらい笑顔を貼り付けてそれをいなし続ける。

それが何回か続いた。

好意的なフリをして近づいてこられるのも面倒だが、バルトルの一挙一動を舐めるように見てくる視線も気分が悪い。少しでもバルトルが場にそぐわない挙動をしたら「しょせんは平民あがり。貴族にふさわしくない」と陰口を叩く気だろう。

（僕だって別になりたくてなったわけじゃないよ）

しかし、どうか爵位を受け取ってくれと国王陛下から懇願され、爵位を得ることでさらに魔道具

開発を進めやすくなるということであるならば。バルトルが男爵位を得た理由はそれだけだ。貴族になんて生まれてこのかたなりたいと思ったことはない。

「……ねえっ、レックス様はどこかしら？」

「知らないわよ、ああん、いらっしゃってたらすぐわかるはずなのに……」

「しょうがないわね、じゃああっちのほうに行こうかしら」

（……あっちのほう、だって）

目の前の貴族とのやり取りに集中していないバルトルの耳には、ひそめられてはいるものの興奮気味の少女たちの高い声がしかと届いていた。

やがて、相手をしていたどこぞの子爵家の親子がいなくなると、『あっちのほう』らしいバルトルの元に赤いチークを頬にまとわせた少女がスッと近づいてきた。

それとほぼ同じくして、会場にいる楽団が優美な音楽を奏で始める。ダンスタイムの合図だ。

「……バルトル様。よろしければわたくしと一曲……」

「ああ、すみません。レディ。お恥ずかしながら、このような華やかな場に慣れていなくて……。少し酔ってしまったようです。申し訳ありませんが、私は少し休んで参ります」

額を押さえ、バルトルは少しフラついてみせた。ご令嬢に恭しく礼をして、バルトルはバルコニーへと向かった。会場では「平民が耐えきれずに逃げ出したぞ」とか楽しげに言われているかもしれないが、それくらいは言わせておけばいい。

（いやあ、でも、本当に疲れたな）

ふらついて見せたのは演技だが、下心をいなし続けるのはなかなか堪えた。

夜のバルコニーは心地よい風が吹いていて気持ちがよかった。

夜空を見上げながらぐっと伸びをして、バルトルはふと気づく。先客がいる。

（……アイツは）

レックス・クラフト。バルトルと同じ魔道具士であり、そして貴族の男だ。バルトルと違うのは彼が生粋の貴族であること。バルコニーの手すりに肘をついている彼の後ろ姿は薄水色の長髪を深紅色のリボンで束ねているのが暗闇の中でも目立った。

（……会場のご令嬢たちが必死に探していたな、そういえば）

レックスは侯爵家の次男だ。彼もまた婿としては好条件の男だった。そして、なんといってもこの男はとてつもなく容姿が整っているのだった。バルトルもマダム・ルリーナから「顔がいい」とは言われたが、バルトルとはまた毛色が違う。貴族令嬢が好むのはこの男の顔の系統だろう。美男子といってなんら差し支えない美貌を彼は持っていた。スラリとした細身の長身、涼しげな顔、持つ魔力の種類とかけて『氷の貴公子』と呼ばれている。

どんな令嬢に言い寄られたところで微塵もなびかない彼だが、ミステリアスな美貌のおかげで「その冷たさがたまらない」とまで言われているらしい。

（単に本気でコイツの場合は女の子に興味がないというか……他人に興味がないだけだと思うけど……）

単なる家の慣習として魔道具士の資格を得るだけの貴族たちが多いのに対し、レックスは熱心に魔道具士としての仕事をこなしていた。これはバルトルの憶測だが、おそらく彼は魔道具士の仕事にやりがいを感じているのだろう。別に仲がいいわけではないが、彼が真面目に仕事に取り組む姿は見てきている。

——いや、その表現はあまりふさわしくない。

「……君、一応侯爵家なんだろう。いいのかい、会場にいなくて」

「……ああ、バルトル。お前か」

特に避ける理由もないので、バルトルは彼と同じように手すりに肘をついて、隣に並んだ。レックスは琥珀色の瞳を狭めて、バルトルの姿を認めたようだった。

「クラフトの名を継ぐのは兄だ。兄が継げなくなれば弟が継ぐ。俺には関係ない」

「お前、ずっとここにいただろ。僕でさえ真面目に愛想笑いしてたのに」

「そうか。ところで、お前が考案した魔道具の魔力回路システムの話なんだが」

「今その話をするのかい」

——レックス・クラフト。この男は魔道具以外のことはどうでもよいのだった。

「お前と話したい話など、これくらいしかないが」

「ああ、そうかい。まあいいよ。気晴らしにはなりそうだ」

レックスは特に嬉しそうでもなく「そうか」と言うと、ツラツラと話し始めた。

「魔道具の出力を魔力の糸に依存させず、決まった出力にさせるというのはいい発案だと思う。だ

が、高品質の魔力の糸ならば有用だが、品質の低い魔力の糸を利用するときには従来品よりも魔力の糸の消費が早くなるだろう。低品質のものでも出力を保証できる利点もあるが、多くの民からは不便になったと捉えられるのではないか」

「ある程度予め各家の魔力の糸にランク付けをしておいて、このランクの糸なら何時間稼働可能か、とか公表しておけばいいと思う。従来の魔力の糸の品質に影響されて出力が変わってしまうと、『このくらいの稼働時間でどれくらい魔力の糸が消耗されるか』というのが感覚的にしかわからないだろう。僕はそれより、ハッキリと数字としてそういうのを示せた方が便利だと思う」

ただ、と前置きしてバルトルはかぶりを振った。

「お前の言う通りで、ソレは改善点だと思ってるよ。低品質なりのポンコツ出力でも長く使えた方がいいって人のが多いと思うし。どんな魔力の糸でも、一定の出力でほぼ同等の持続時間にできたらいいなと思うんだけど」

「提言しておいてなんだが、ソレは夢物語に近いな。魔力の糸ではない何かでエネルギーを代替する仕組みでも作れない限り、無理だ」

「まあ、生きているうちに色々試してみるさ」

夜の冷たい風と共にしばらく静寂が流れた。社交の場にて有象無象に囲まれて火照り気味だった頬を撫でる風の冷たさにバルトルが心地よさを感じていると、レックスがぽつりと口を開いた。

「……お前はなぜ魔道具の改良開発をしているんだ?」

「なぜ、って」

「お前の改良開発を国王陛下は評価していらっしゃる。だが、今のままの魔道具の魔力回路システムでも特に困ってはいない。なぜ、あえて改良開発をしようと思った？」

琥珀色の瞳が真顔でバルトルを見つめる。

「……僕は、魔道具というものがもっと誰にでも扱えるものになればいいと思っている」

「ふむ」

「今、人々の生活は魔道具に依存しているだろう。それはひいては、魔力の糸を作れる貴族に依存することになる。……そうじゃないふうに、なってほしい」

「お前にしては曖昧な言葉だな」

「いいだろ、『夢』なんだから」

レックスは鉄面皮の彼にしては珍しく、怪訝そうにやや眉をあげた。バルトルはそれにそっぽを向いて、バルコニーにもたれかかり、はあとため息をついた。

バルトルがそう思うのは、やはり自分が平民の出だからだろうか。

バルトルが初めて『魔道具』というものを知ったときには、凄まじい衝撃があった。こんなものがこの世にあってよいのだろうか、と思った。一般家庭にも普通に魔道具は浸透していたが、孤児のバルトルにはこの文明の利器は縁遠かった。

違和感、といってもよかったかもしれない。恐ろしさすら感じた。

これはこの世界に、この時代に、本当にあってよいものなのか？　と。

魔道具について学び始めたバルトルは魔道具を創出した『異界の導き手』と呼ばれた彼の手記を読み漁った。

バルトルの彼への感情は「なんてことをしてくれたんだ」という怒りが最も近かった。

彼が魔道具を作る以前と、その後とで全く文化の様式が変わった。今まであった世界が塗り変わってしまったといってもいいはずだ。バルトルはすでに、魔道具というものが「あって当たり前のもの」になった時代に産まれてきたわけだが、当時の人たちはこれをどう受け止めたのだろうか。――大多数の人間が歓迎したからこそ、今世の魔道具の発展があることは理解している。だが。

きっと、この世界は魔道具がなくてもよかったのではないか、と思ってやまないのだ。

初めは魔道具は『電気』でしか動かなかったという。それを『魔力』であれば属性に問わず動かせるように改良が為された。だが、どうしても『電気』でなければ動かない魔道具が存在していたり、最も魔道具を効率的に動かすのは『電気』の魔力であることから、魔力を有している貴族の中でも『電気』の魔力を持つ貴族が強い権力や富を持つようになった。

それまでの時代では、一番有用とされていたのは『水』、次いで『火』だった。水の魔力さえあれば飲み水には困らなかったから。火の魔力があれば身体が凍えることはなかったから。しかし、それらの問題を魔道具が解決できるようになってしまってからはもてはやされるのは、『電気』の魔力だ。

魔道具以前に語られていた神話も、『水の神』や『火の神』の物語ばかりだったのに。『異界の導き手』たる彼が世界を変えた。『魔道具』なんてものを残して創造主の彼は人の寿命を全うして死んでしまった。

——無責任だ。バルトルはそう思ってしまう。

世界に異物を撒き散らすだけ撒き散らしておいて、神などではない人間の彼はあっさり死んだ。彼の発明した魔道具を今世にまで残し続けてきた魔道具士たちのことはバルトルは素直に尊敬していた。少しずつこの世界に合った形に魔道具を作り替えてきた彼らはすごい。

もう、魔道具なしには人は生きていけないだろう、と思う。ならば、もっと、この世界にふさわしい形に魔道具を変えていきたいと、バルトルは願っていた。

——電気でしか動かなかった魔道具を、他の属性の魔力でも動くように改良した『異界の導き手』の彼も、きっと努力はしたのだろうから。

ホールから聞こえる旋律を聴きながらバルトルは手すりにもたれかかったまま、眼を閉じた。レックスももうこれ以上話したいこともないのか、静かにしているようだった。

◆◆◆

新しい邸での生活にもバルトルはかなり慣れてきた。庭には工房を建てた。特に要請がない限りはバルトルは一日中ここに戻って何かしら作業をしている。

広い庭の一角にこんな工房を建ててしまったのが以前の持ち主に少し申し訳ない気がしたが、工房を建てるために買ったのだから致し方ない。どうか納得してくれとバルトルは思っていた。

「バルトル様は夜眠れてますぅ？」

「うん？」

「なんか最近、夜中に誰かの視線感じてよく眠れないんですよね～……誰もいないはずなのに、物音がしたりとかあ」

「えっ、なにそれ」

突然話しかけてきたセシリーにバルトルは少しぎょっとする。

「わたくしが思うに、アレって、いわゆる、心霊現象……みたいな」

「……」

この屋敷を買うときに不動産を扱う店の男が妙に歯切れが悪かったのはそういうことか、とバルトルは察した。

没落した子爵家が手放した邸宅というふうに聞いてはいたが。

「僕は全然気が付かなかったし、気にもしてなかったけど、そうなの？」

「んーまあ使用人連中でも気にしている人もいれば、気にしてない人もいるーってくらいですけどぉ……」

「……なんか、申し訳なかったね。そんな家に招いて働かせて」

「アハハ！　わたくしはそういうの慣れっこですし！　大ベテランのみなさんも「よくあること」って感じでしたよぉ」

栗色のおさげを揺らしながらセシリーは明るく笑う。十四歳で両親を亡くした彼女はそのときからずっと住み込みのメイドとしてマダム・ルリーナの屋敷で働いていたそうだ。マダムが彼女を引き取るまでになかなか苦労があったらしい。

バルトルは実際のところ、心霊現象の類を信じてはいない人間である。だが、屋敷に勤めてくれている人たちの心身が害されるのはよくない。

「玄関に花とかも飾ろうか」

せめてものあがきだが、何もしないよりかはマシだろう。前の持ち主はどうかこれで納得してくれれば、と思いながらバルトルは提案する。

「そうですねえ」

セシリーはそういうセンスがいい。彼女に任せておけば、きっとこの屋敷も華やかになることだろう。

談笑しているところに白髪交じりの使用人が「旦那様」と声をかけてきた。

「旦那様。王家に依頼していた『魔力の糸』が届きました」

「ああ、ありがとう。このまま工房に運んでおいてくれるかな」

セシリーに「じゃあね」と声をかけると、バルトルは足早に工房へと向かうのだった。

バルトルの工房の作業台に黒い箱が置かれていた。納品書をチラリとだけ見て、バルトルはワクワクとした気持ちで箱を開けた。

黒い箱には上品な輝きを放つ『魔力の糸』が納められていた。

『電気』の魔力を持っているバルトルは本来このように電気の魔力の糸をわざわざ買わなくてもいいのだが、この魔力の糸だけは特別だった。

「……きれいだな」

糸の束を撫で、バルトルの目は自然と細まった。見た目だけでなく手触りも滑らかで心地よい。不思議な色彩をしていて、銀色のような透明のような、光の当たり方によっては虹色にも見えるそれはとにかく「きれいだ」と思わせた。

アーバン家の、魔力の糸である。

アーバン家の魔力の糸は魔道具士の界隈では評判だった。質もいいし、毎月大量の納品をしているようで、人気はあっても国の在庫が尽きてしまうことはそうそうなかった。

他の糸やバルトル自身が作った糸では動かなかった魔道具の試作品がこの糸ならば動くことがある。最終的にはどんな魔力の糸でも動くようにしなければならないのだが、しかし、試作段階ではありがたかった。魔力回路の構造に欠陥があるのか、別の部位の構造に無理があるのか。このままではどうして普通の糸では動かないのか考察がしやすくなる。

(なんでこの糸は他の魔力の糸と違うんだろう?)

バルトルにはそれが不思議でならなかった。魔力の糸には属性の違いの他に、品質に良い、悪いがある。それは魔力の持ち主の魔力量や魔力の強さに依存するのだけれど。

(……アーバン家、か)

バルトルは貴族の界隈には興味がなくて、仕事で関わりのある複数の家のことくらいしか知らなかった。が、アーバン家のことがふと気になった。

これだけ見事な魔力の糸を納品する家というのはどんな一族なのだろう。貴族には『魔力継承の儀』というものもあるそうだし、代々引き継がれてきた膨大な魔力を有した伝統ある格式高い家なのか、それとも『電気』の魔力があることから台頭してきて今に至るわりと新しめの家なのか。

この魔力の糸を紡ぐ本人の魔力の量や強さも相当なのだろうが、それにしても、この品質の安定性や糸そのものの美しさも別格だった。どんな繰糸機《そうしき》を使っているのだろうか。バルトルは思いを巡らす。

バルトルが作った繰糸機《そうしき》ではこうはいかない。ここまでの均一性を持ち、しかも大量に生産できるなどどういう性能をしているのだろうか。紡がれる糸の均一性といえば、５７５年製のダズル式だが、あれは魔力の糸に換える効率性に欠けていた。繰糸機《そうしき》自体を動かすのに魔力が使われてしまい、大量生産には向いていない。大量に糸を紡げるのはコルト式だが、動きはじめと動き終わりのときにどうしても品質にムラが出がちだ。

ダズル式を使ってなおこの量を生産できるほど膨大な魔力の持ち主なのだろうか。

消耗品である魔力の糸を見て、こんなふうに「これを紡いだ人物はどんな人だろう、どうやってこれを紡いでいるだろう」と、そんなふうに考えてしまうなんてことは初めてだった。

アーバン家の糸には、信じられないほど高品質なその糸と、凡庸な糸が交じっていた。アーバン家のうちの誰か一人がとてつもない魔力を持つ人間なのだろう。凡庸な糸は基本的には一種類だけだったが、たまに二種類異なる糸が混ざっていることがあった。おそらく、アーバン家には『電気』の魔力の糸を紡げる人間が最低でも三人いるのだろう。一目見るからに高品質のものとは仕上がりが違うので、凡庸なものは簡単にはじこうと思えばはじけるのだが、魔力の糸は家単位で納める決まりになっていて、これがバルトルには不思議な慣習だった。

家ごとではなくて、個人単位で糸を納めるようにすればよいのにと思う。同じ家の人間でも、これだけ品質に違いが出るのだから。

◆◆◆

「……アーバン家、ね」

マダム・ルリーナは一瞬だけ顔を曇らせた。自分の交友範囲の中で一番貴族に詳しいのは彼女だ。バルトルはお茶菓子を片手に彼女の下を訪れていた。

「あまり魔力量に恵まれた家系ではなかったわ。でも、属性は違うけど、魔力の量が豊かな家系と婚姻して、そして生まれてきた子が幸運なことに、父親の『電気』の魔力の属性と、母親の豊かな魔力量を引き継いだみたいね」

「そうなんですか。……ということは、アーバン家は二人子どもがいるのですね」

「……あら」

ルリーナは美しいグリーンの瞳を見開いた。

「どうしてわたくしの話だけで、子どもが二人と？」

「僕、アーバン家の魔力の糸を取り寄せたことが何度かあるんですが、そのときに納められていた魔力の糸は三種類あったんです。一つはきっとマダムのお話にあった幸運な子のとても品質に優れた糸、他の二種類は凡庸なものでした。母親は違う魔力の属性なんでしょう？　だったら、父親、幸運な子ともう一人、『電気』の魔力を持った子どもがいるのかと」

「あなた、魔力の糸を見ただけでそんなこともわかるの？」

「まあ、一応、専門家なので」

バルトルの言に驚きつつも、ルリーナは小首を傾げ「でも」と続ける。

「……その……凡庸なものが二種類、というのは、どうかしら」

「？　お子さんが二人いる、というのは合っているんでしょう？」

口ごもるにルリーナに違和感を覚えて、そう続けると、ルリーナは眉根をわずかに寄せ、目を伏せたようだった。

「……ごめんなさい、つい驚いて……。あまりよくないことを言ってしまったわね」

「どういうことですか、マダム？」

ふう、とルリーナはため息をつく。

なぜルリーナはこうも芳しくない反応を示すのだろうか。つい前のめりに聞いてしまうバルトルに、ルリーナは目を眇め、そしてかぶりを振った。

「――もう一人の子は、病弱で髪も……いえ、魔力も持たないそうよ」

「……そうなんですか」

「わたくしから、あのアーバン家について言えるのはこれくらいね。ごめんなさい。わたくしも、あまりよくは知らないの」

知らないことをベラベラとは話したくないの、とルリーナは美しい目をそっと伏せた。

「いえ、助かりました。……アーバン家には二人のお子さんがいるんですね」

ルリーナの様子から察するにもう一人の子は何やらワケありなのだろう。

（病弱で、魔力も持たない……）

きっとここで「そうなんですね」で終わらせてしまうべきだったのだろう。

あまり、深追いすべきではない事情があることはルリーナの反応を見ていればよくわかった。ルリーナはあまり不用意な噂話をすることを好まない人物だ。それゆえに言葉を濁したのだろう。だが、バルトルにはなぜか胸にふつふつと沸き立つものがあった。

（でも、絶対にアーバン家の糸は三種類あった）

病弱で魔力も持たないもう一人の子どものことがどうしても気になる。しかも、なぜかあの美しい魔力の糸を作った人物を無意識に重ねてしまっていた。ルリーナの話によると、もう一人の恵まれた幸運な子があの糸を作っていると思うべきなのに。

バルトルはけして夢想家ではない。だが、これは魔道具士としての勘に近かった。

それからまた別の日。『電気』の魔力を持つ貴族だけが集められた夜会があり、バルトルも呼ばれた。同じ属性の魔力を持つ貴族たちは親戚すじのものたちも多く、平民上がりのバルトルはアウェイという様相ではあったが、この夜会には出よう、とバルトルは意欲的だった。

どうもこの夜会は前回バルトルが参加した国王の夜会よりも、お見合い会場の意味合いが強いらしい。貴族は基本的に同じ属性を持つもの同士で婚姻がされるそうだから、同じ属性の貴族のみが集まる夜会ではそうなることも必然か。

相変わらず婿候補として唾をつけられそうになるのをいなしつつ、バルトルはアーバン家の人間を探す。いっそのこと、アーバン家のほうから唾をつけに来てくれたら助かったのだが、どうやらアーバン家は平民の男を婿にすら迎えたくはないらしい。

当主の顔は姿絵を見て覚えていた。豊かなブロンドヘアー、濃い蜂蜜のような色をした瞳、背の高い少しキザな男だ。

男はすぐに見つかった。少し赤らんだ顔でワイングラスを揺らしている。バルトルは話しかけてきたご令嬢を煙《けむ》に巻くと、彼の下へと足早に近づいていった。

「こんばんは。アーバン伯爵。初めまして、バルトル・ガーディアと申します」

「……ん、なんだね」

「私は魔道具士として働いているのですが、アーバン家の魔力の糸を愛用させていただいておりまして。本日はアーバン家の皆様もご出席されると聞いて馳せ参じたのです」

「はっ、そうかね」

恭しく話しかけるバルトルに、自ら名乗り直すこともせずアーバン家当主の男は手に持っていたワイングラスを呷る。チラリとだけバルトルを見た瞳には疑いようもない侮蔑の色が滲んでいた。

「とても品質が良く、助かっております。伯爵とご令嬢のお二人だけであれだけの量を紡いでいらっしゃるとは」

「……フン、まあ、私の娘は優秀なのでねえ」

少し気をよくした雰囲気の男は会場のある一点に目を向けた。なるほど、あれが恵まれた方の子か。男と同じ色をした髪を腰ほどにまで伸ばし、流行りのドレスを着ている後ろ姿が窺えた。周りに同年代の男たちを侍らせている。

「お二人で」と言ったのに、当主はその言葉を訂正しなかったな、とバルトルは考えていた。

(でも、絶対、三種類入ってたんだよなあ……)

バルトルの想像通りなら、伯爵と、それから彼の二人の子とで糸を紡いでいるはずなのだが。

「なんだ、君。もしかして我が娘に興味があるのかね。悪いがうちの娘は引く手数多《あまた》でね……」

「ああ、いえ。伯爵。ところで、伯爵の御子は彼女お一人なのですか？」

「……」

男の顔が露骨に歪む。

「いいや。もう一人いるがね、病弱でね。こういう場には連れて来れんのだよ」

「そちらの御子も糸を紡いでいるのですか？」

「ハッ。病弱すぎてそんなことはさせられんよ。かわいそうだろう？」

「そうなのですか。それは、失礼いたしました」

バルトルはいかにも申し訳なさそうに眉をひそめながら男に頭を下げた。

男ははあ、とため息をつきながらボソリと小さな声で呟く。

「フン。……どこで下世話な話を聞いたか知らんが、下衆《げす》な平民らしい好奇心を持ちおって……」

「伯爵？」

「うん？　なんだい、どうかされたかな」

取り繕った笑みにバルトルも笑顔を貼り付けて返す。

男はバルトルにぼやく声を聞かれていないつもりのようだが、バルトルの耳にはその言葉はしかと届いていた。

「伯爵の貴重なお時間をいただき申し訳ありませんでした。どうしても日頃の感謝をお伝えしたく。お話ありがとうございました、失礼します」

なんとなくアーバン家の輪郭は摑めてきた。バルトルは礼をして男の前から立ち去り、そしてそのまま会場を後にした。

◆◆◆

カラリ、と扉を開けると鈴が鳴った。

少し薄汚れた狭い店内、カウンターバーの奥にいる男はニヤ、と笑ってバルトルを迎えた。

「よう、来たな」

「頼んでたことだけど、もう調べ終わった？」

「ああ。まあな」

濃い赤褐色の髪の男はそばかすのある鼻を擦った。まあ座れよ、とバルトルをカウンターに腰掛けるよう促すと、ひょろりと長い上背を屈めてカウンターの上からバルトルを見下ろす。

この男、ジェイソンはバルトルの昔馴染みの『情報屋』だった。

バルトルは彼にアーバン家についての調査を依頼していた。バルトルが直接嗅ぎ回るより、彼に依頼して調べてもらう方が何かと都合が良いだろう、と。ジェイソンはバルトルがスラム暮らしをしていた頃からの仲だ。バルトルは彼を信頼している。

寂れたバーの体裁を取っているが、本来『情報屋』である店内にはバルトル以外の客はいない。だが、ジェイソンは声をひそめて調査結果を話し始めた。

「アーバン家は元々は魔力に乏しい一族で、伯爵ってことにはなっているが現当主の金遣いが荒いせいで借金まみれだったそうだ。だが、子どもが『電気』の魔力の糸を国に納品するようになってからずいぶん懐が潤うようになったらしい」

「うん」

その辺りの情報はバルトルも耳にしたところだ。

「……アーバン家は二人姉妹だ。姉の方は『病弱』だってことで、表には出ないで大事に大事に離れで療養してる……ってことになってるが」

「が？」

「どうも、アレらしい。『不貞の子』ってことで、醜聞を避けるために人目を避けて閉じ込められてるんだってよ」

「なんだそれ」

ジェイソンはカウンターから身を乗り出し、そっとバルトルの耳元で囁く。

「髪の色がな、真っ黒らしい。それで何の魔力も使えない、と。オレものぞき見しに行ってみたが、帽子で隠してて髪の毛は見えなかったんだけどよ、わざわざ隠すってことはそうなんだろう。魔力を持っている貴族にとっちゃ、黒髪の子どもが生まれるなんて、平民との不貞でもない限りあり得ないらしいぜ」

「それで、彼女はずうっと離れに閉じ込められてるって？」

バルトルは形の良い眉を歪めた。

だから、ルリーナは彼女のことを話すときに言葉を濁したのか、と察する。アーバン家は隠していても、人のする噂、というものを抑え切れるものではない。ルリーナは積極的に噂を好む人物ではないが、それでも耳には入ってくる程度には、アーバン家の『不貞の子』の話は囁かれているのだろう。ルリーナはきっと、それをバルトルに話して彼女が『不貞の子』であると間接的に認めるような言葉は言いたくないと、詳細な話を避けたのだ。

「……まあ、でも、『魔力なし』ってことは魔力の糸も作れないわけだろ？　お前の勘違いだよ。やっぱ、お前さんが言うすっごいキレイな魔力の糸ってのは妹さんの方が作ったやつだよ」

「……ちょっと話がズレるが、僕、そもそも黒髪だと魔力がないとか、平民には魔力はないとか、そういう決めつけ、どうかと思っているんだよね」

「まあ、オレにゃお前のそのへんのお話はわからんが。どうあってもお前はその子がその『魔力の糸』を作った子、って思いたいワケだな」

ジェイソンはやれやれとばかりに肩をすくめる。

濃い緑色の目が暗に「頑固者」と言っている気がした。

「オレが調べられたのはそれくらいだ。それ以上のことはわからん。なにしろ、その子はずうっと病弱だ、って離れに閉じ込められてるからな。彼女の姿をまともに見たことがあるのは家族くらいじゃないか？」

「……」

バルトルは手を組み、しばし思案に耽った。

家族、か。

彼女の書類上の父が彼女のことを話すときの態度を思い返すとバルトルは自然と眉根に力が入った。伯爵が娘をよく思っていないことはあからさまだった。

孤児で、家族というものを知らないバルトルだからだろうか。自分の子ではないと思っているのだとしても、どうして共に暮らす相手のことを大事にしてやれないのだろうか。

顔も名前も知らない、『噂話』の範囲でしか知らない彼女のことを考えて、バルトルはなんだか胸が痛んだ。

「わかった。僕、その子の住む離れに行ってみる」

「はあっ？　んな……なんで、てか……どうやって」

なんでその発想に至ったんだとジェイソンは口をひきつらせながら眉をひそめた。呆気に取られているジェイソンをバルトルは真剣に見つめた。

「髪の染め粉、貸してくれ。変装して、『最近オタクの水回り、困ってませんか？』って言ってアーバン家に乗り込んでみる」

げえ、とジェイソンは露骨に口を歪めた。

「……お前、ドン引くほどそういうとこ、アグレッシブだよな……」

「ついでに本当に劣化しているところは修繕してくる。そうすりゃ文句言われないだろ」

「いや、知らねーよ。てか、お貴族様なら専属の魔道具士いるんじゃねーの」

「格安料金で勝負してみる。新人魔道具士の事業立ち上げキャンペーンだ、って言って」

「バレたらどうすんの？」

アーバン家の当主は自分をよく思っていない方の貴族だ。それなりに制裁を食らうかもしれない。

いや、むしろ「これだから魔力を持っているからといって安易に貴族籍を与えるべきではないのです！」とここぞとばかりに重罰を課せられるかもしれない。

「どうしても麗しのご令嬢とお近づきになりたくて……って言うしかないかな」

「そりゃまた。……やべーやつじゃん」

ジェイソンは真顔で呟く。

「まっ、ホントにお近づきになれたらオレにも紹介してくれよ、バルトル」

冗談めかして言いながら、ジェイソンはバルトルの肩を叩いた。

さて、バルトルは髪を濃い茶色に染めた。さらに分厚い伊達メガネをかけ、キャップを目深に被る。普段は着ないようなツナギの作業着を着て、アーバン家を訪れた。

「最近、水道料金が高いなと思いませんか？　もしかしたら配管が劣化しているせいかもしれません。今ならサービス料金、十ジルで点検、修理させていただきます」

我ながらなんて胡散臭い業者だ——と思いながらも、心の広いアーバン家はバルトルが変装した魔道具士を家に迎え入れてくれた。金遣いが荒いという噂だが、それだけにこういう『格安』『サービス』という言葉に弱いのだろう。

バルトルもちゃんと国から資格を得た魔道具士になる前はこうした詐欺まがいの営業で金を稼いでいたことがあったからわりと慣れていた。——いや、詐欺まがいではなく無認可で活動していたのだから、直すものは直していたとしてもまさしく詐欺だったのだが。

「本邸の作業は終わりました。あまりこちらは劣化は見られませんね、ですが……さきほど庭の向こうに小さな離れがあるのが見えましたが、そちらは……」

「ああ、そこは……。作業せんでも構わん。ご苦労だったな」

「失礼ですが、あちらの離れ、最後に作業されたのはいつでしょう？」

「……」

バルトルの対応をしてくれていた少し厳つい使用人の男は押し黙る。

バルトルにここで待っていろ、と指示をして男はどこかへ出て行き、そしてしばらくして戻ってきた。

「……旦那様から許可を得た。ただし、あの離れには病気で伏せっている御息女がいらっしゃる。不用意な行動はするな、必要な作業のみこなしてくれ」

「はい、かしこまりました」

やあ、アーバン伯爵が金にがめついお方で本当に助かったなあ！　とバルトルは笑みを浮かべた。

アーバン伯爵家は彼の代になり金銭的には困窮したそうだが、庭も邸も広く建物の造りは立派だ。魔道具が造られた時代、『電気』の魔力が持て囃されるようになってから盛り立てられるようになった家なのだろう。

彼女が住むという離れの前まで来ると、バルトルは少し胸が弾んだ。窓からはレースカーテンごしに恐らく彼女だろう人影が見えた。すでにバルトルはなんの確証もないのに、「この子があの魔力の糸を作っているんだ」と思ってしまっていた。

ジェイソンあたりには「お前やっぱやベーやつだな」と言われそうだ。ジェイソンの苦い顔を思い出して、心を静める。

「……この廊下の突き当たりにバスルームがある」

使用人の男は離れの玄関を潜ると、他によそ見をするな、と牽制でもするかのように廊下の奥をスッと指差した。

「はい！　わかりました！」

バルトルは威勢よく返事をして、ズンズンと前を歩く彼の後ろについていった。

小さな離れは部屋数もそう多くない。

（えっと、外から見たときに窓から見えていたのは……このへんかな）

そして、バルトルは一応ノックをしてから彼女がいるだろう部屋の扉を開けた。

「……！」

彼女は突然開いた扉に驚いたようで、びくりと肩を震わせ、目を見開いてこちらを振り返る。バルトルは素早く、注意深く彼女の周囲を眺めた。彼女の手元にはキラキラと輝く糸があった。

間違いなく、バルトルが見惚れたあの魔力の糸だ。やはり、『不貞の子』と呼ばれていた彼女があの糸を紡いでいたのだと確信する。

「……あ、あの……」

「……ああ、すみません。水回りの点検に来た魔道具士のものなんですけれど。どうもお部屋を間違えてしまったようですね」

「あ、いえ。お話はお伺いしております。……ありがとうございます」

彼女は驚いているようだったが、バルトルの無礼に怒ることなくニコと小さく微笑み、頭まで下げた。

「おい！　最近の魔道具士ってやつは勝手に人の家の部屋を開けるのか!?」

「ああ、すみません。ボク、初めて訪問で仕事をするもんで……」

アーバン家の使用人の男が怒鳴りながら、バルトルの首根っこを引っ掴み、彼女の部屋から引き剝がすと、乱暴にバルトルの背中を押し、バスルームに案内した。

「あの、すみません。その、旦那様には黙っていただけますと……」

「……………ふん、いいか。二度目はないぞ」

バルトルを離れにいるご令嬢と遭遇させてしまったと知られて困るのはこの使用人の男も同じらしい。彼はバルトルの監視役も担っているはずだから。

バルトルはペコペコと頭を下げながら、「ありがとうございます」と繰り返してみせた。


そして、作業に取り組みながらさきほど見た彼女に思いを巡らせる。

目が大きい子だな、というのが彼女への第一印象だった。

髪全体を覆うような帽子を被っていたから、余計に目が印象的に見えるのだろうか。あの帽子で不貞の子の証しという黒髪を隠して過ごしているのか。

（……あの帽子を取ったらどんなふうかな）

きっとかわいらしい少女なのだろうと思う。大きな瞳も、綺麗な鼻筋も、小さな唇も、ずっとこの離れにいるからだろう、青白いと形容できるほどの白い肌も相まって、どこか人形めいた雰囲気があった。

（……僕と一緒だ。髪の色を隠して）

少女とは反対に、バルトルの場合は『電気の魔力』を持っていることを知られないように、平民として生きていくために隠していたわけだが、なんだか不思議な親近感が湧いた。粗末なボロ布でとにかくグルグル巻きにして髪を覆えていればよかった自分とは違って、彼女が被っているのはいわゆるモブキャップというやつでレースやリボンの装飾がついたかわいらしいもので家族からよくない扱いを受けていても、最低限ご令嬢という雰囲気ではあったが。

声を聞いたのはたったの一言、二言だけだったが、少女らしいよく澄んだ声だった。

(部屋の中に繰糸機《そうしき》はなかったな。別の部屋に置いてあるのかな)

いきなり部屋を開けて、悪いことをしてしまった。バルトルがもう少しうまい立ち回りができるのならばこうも強行策は取らないでよかったのだが。

「……あの、さきほど失礼をしてしまったご令嬢にあらためて謝罪をしたいのですが……」

「御息女は病弱でいらっしゃる。無用の訪問はよろしくない。貴様が非を詫びたい気持ちがあるのならば後ほど私からお伝えしておこう」

「そうですか……」

がっかりだ。ちゃんと謝りたいという気持ちはもちろん本心だが、それと、「もう一度彼女に会いたい」という気持ちもあった。

どうかよろしくお伝えください、と言い、バルトルはアーバン家の水回りのメンテナンス作業を終えた。

◆◆◆

「僕、婿は嫌なんですよ。……お嫁さんが欲しいんですよね」

バルトルがそう公言するようになってから、社交の場に出たときに周囲にご令嬢や中年貴族が寄り付いてくることが無くなった。

元々成金成り上がり貴族と評されていたバルトルである。

『どうもあの成り上がりは貴族の嫁を娶って、さらに成り上がっていくつもりらしい』

という噂が蔓延するのに、そう時間はかからなかった。

（しかし、わかりやすいなあ）

便利な金ヅルとして、バルトルを婿に望む貴族たちは多かったが、成り上がり男への嫁入りを望む貴族はいなかった。

バルトルの容姿を褒め称えていたはずのご令嬢も遠巻きにバルトルを眺め、ヒソヒソと何かを話すのみとなった。

バルトルはさらに『嫁に来てもらえるなら多額の支度金を出す』という噂を流布させた。成金のイメージがあるならそれなりに信憑性もあるだろう。

そしてある日の夜会でのこと、バルトルはアーバン家当主――ザイルに接触した。

「こんばんは。お久しぶりです。アーバン伯爵におかれましては……」

「……なんだね」

バルトルの挨拶を遮って、ザイルは顔をしかめて不機嫌そうな声を出した。

「ああ、アーバン伯爵にも娘さんがいらっしゃいましたね、と」

「ハッ。ずいぶんと明け透けだな、どうも、熱心に貴族の嫁を探しているそうじゃないか」

「ええ。必死にならないとどうも難しいようなので。みなさん、やはり僕のような男のところに大事なお嬢さんを預けるのはご不安なようで」

バルトルは肩をすくめてわざとらしくため息をついた。ザイルはそれを鼻で笑う。あからさまにバルトルを小馬鹿にしていた。

「なんだね、私の娘に期待でもしているのか。悪いがあの子はアーバン家の跡取りになるんだ。魔力も豊富で、美しい子だからね。婿でも構わないから娘と結婚させてくれという申し込みが絶えないのだよ」

「ああ、そうなんですね」

近づいてきたバルトルをあしらおうとしていたザイルだったが、ふと押し黙り、バルトルの着ているスーツや身に付けている装飾品をじろりと舐め回すように眺めているようだった。

オーダーメイドのスーツは王都で一番人気の仕立屋に作らせたものだし、靴もそうだ。デザインだけでなく素材も一級品で仕立てている。一目見ただけでも照りのある生地の上質さは伝わるだろう。バルトルはわざと、ベストの腰ポケットに入れたヴィンテージの懐中時計の鎖をカチャリと触った。

ザイルは咳払いをし、重い口を開く。

「……君、随分景気のいい話を聞くが、魔道具の特許というのは儲かるのかね」

「そうですね、目を閉じてても金が入ってきます。それに僕は国からも開発支援を受けていますし、魔道具士の仕事の需要は尽きませんから、正直、使いきれなくて困るくらいには……」

バルトルが苦笑して見せると、ザイルの濃い黄色の目にわずかに輝きが生まれた。

「ま、まあ、どうしてもというのならば……婿になら考えてやってもいいが……」

「いいえ、僕は婿はごめんですね。僕が欲しいのは嫁です。嫁に来てもらえないのなら、結婚をする意味がありません」

バルトルはハッキリと首を横に振り、ザイルの言葉を一蹴した。

ザイルは一転して、わかりやすく顔を歪めた。そしてフン、と鼻を鳴らし赤い顔で憤慨もあらわにそっぽをむく。

「そうかね！　まあ、さっきも言ったが、娘にはいい相手がよりどりみどりなのでね！　話はそれだけか？　用が済んだならとっとと……」

「――アーバン伯爵には確かもう一人、御息女がいらっしゃいませんでしたか？」

バルトルの言葉にザイルは首だけ振り向き、目を丸くする。

「……は？」

「病弱ということは伺っております。やはり、家から出すのは厳しい……ですかね。……残念だな。ああ、もしも僕のところにお嫁に来てくれるお嬢さんがいるのなら、言い値で支度金を用意してもいいのに……」

「…………」

「……はあ、残念だ」

バルトルは独り言のように呟いた。

ザイルは片眉をひそめ目を見開いてそれを聞きながら、何やら思考を巡らせているようだった。

「……ふん。なるほど……」

ニヤリ、と男は次第に口角を上げて笑みを浮かべ出す。どうやら、彼は都合のいい解釈をしているようだった。

成り上がり男がなりふり構わず誰でもいいから貴族の嫁を欲しがっているのだと。たとえ病弱で寝たきりの娘をお飾りの妻にするのでもこの男は構わないのだと。

彼が快く思っていない『不貞の娘』。それを押し付けるのにこの生意気な成金成り上がり貴族はちょうどいい相手だと、そういうふうに思ってくれればいい。

「……ああ。それならば、うちにちょうどいい娘がいるぞ。バルトル・ガーディア」

男の提案にバルトルは満面の笑みを見せて喜んだ。――本心から、だ。

◆◆◆

そしてバルトルはアーバン家から病弱な娘、ロレッタを嫁にもらうこととなった。

『バルトル・ガーディアが家を焼かれたらしい』

――事件発生からすでに半年以上が経過していたが、この件について、国王陛下から厳重な注意が為された。

明確に『貴族による犯行』とまではさすがに言わないが、牽制としては十分だった。

それで運良く首謀者が見つかれば僥倖だが、さすがにそうも都合よくはいかないだろう。

バルトルは本当に放火犯についてはどうでもよかったのだが、彼女を嫁に迎えるなら心配事は減らしておきたい。自分がそばにいないときに彼女の身に危険があったら一大事だ。

そのため、家を焼かれてからかなり日が経ってしまったが、今になってようやく国に相談をした。こう言ってはなんだが、バルトルはわりと国王陛下から気に入られていた。陛下はバルトルの話を聞いて色々と察したようですぐに手を回してくれた。バルトルの屋敷近辺に留まらず、王都全体の警備が強化される運びとなったのはバルトルだけでなく、王都に暮らす人間にはありがたい話だろう。王の手早い采配を眺めていてバルトルは「もっと早くに言っておいてもよかったなあ」と少し呑気に思ってしまった。

あの一件から、直接的にバルトルが害されるような出来事はなかったが、念のため、彼女と結婚したという話もしばらくは公にはしないでおこう。きっと、アーバン家も表立っては「病弱な姉が嫁に行った」とは話さないだろう。そもそも、彼女はあの家にとっては無き存在としておきたいのだから。

(……早くあの子が来てくれるといいな)

本当は今すぐにでもあの家から連れ出してしまいたいくらいだった。彼女を迎え入れるための根回し、準備、そのどれもがバルトルにはやりがいがあった。

しばらくは使わない予定だが夫婦の寝室のベッドシーツも新調し、彼女の私室とする部屋はセンスのいいセシリーに協力してもらって家具家財を用意した。

彼女の家とやりとりをするときは彼女の母が大体対応してくれていた。彼女の体型も聞いて、いくつか服も用意しておく。『病弱』ということにさせられて閉じ込められていたのだからよそ行きの服は持っていないだろう。

——縁談が決まってから彼女と直接の顔合わせも願ったのだが断られてしまって、バルトルは心底残念だった。

あの日以来、バルトルは彼女の大きな瞳を忘れたことはひとときもなかった。

アーバン家の素晴らしい魔力の糸。あれを作っていた人が本当に存在していた興奮と喜び、そしてその人の功績が公にされない不満、『不貞の子』だと不当に閉じ込められて家族から蔑んだ目を受けていることへの憤り、彼女にはきっといろいろな可能性があるはずだから彼女をどうか自由にしてやりたいという願い。

それらの感情や思惑を噛み砕いてバルトルは『自分が嫁にもらってしまえばいいのだ』と結論を出した。名案だ、そして、うまくいった。彼女は家を出て自分のところにやってくる。

バルトルは彼女がやってくる日が待ち遠しくてしょうがなかった。

幸せにしてあげる、というのは烏滸《おこ》がましいかもしれないが、しかし、バルトルには自分は彼女のことをそれはもう大切にするという自信はあった。

四人しかいなかった使用人も数を増やした。シェフも新しく雇った。

日に日に屋敷が明るく輝きを増していくのは、バルトルの思い込みだけではなかっただろう。

彼女を迎え入れる支度をしていると、婚姻までの数ヶ月は長いようであっという間だった。

◆◆◆

「――バルトル・ガーディアと申します」

「……初めまして。ロレッタ・アーバンです。婚姻のお申し出、ありがとうございます」

彼女はバルトルを視界に捉えた瞬間、わずかに顔をこわばらせ、しかし挨拶を交わすときにはニコ、と淑女らしい微笑みを浮かべてきれいな礼をしてくれた。

久しぶりに会った彼女は――いや、こうして対面するのは初めての彼女は、あのとき見た髪を覆い隠すための帽子は被っていなかった。

きれいな黒髪。帽子の下の髪はよほど短かったようで、きっとバルトルとこうして会うまでに伸ばしていたのだろうが、それでもまだ短かった。毛先がようやく襟足に届くか届かないか、それくらいの短さだ。

上品そうな小さな顔に、大きな瞳の彼女は髪が短くともなおかわいらしく、儚げに見えた。

彼女はまっすぐ前を向いてはいても、あまりバルトルの顔を見ずに少し目線を落としていた。人と関わる機会も少なかったろうし、少しずつ慣れてくれたら嬉しいな、とバルトルは思う。

「君は病弱だと聞いている」

ふと、そう話しかけたら、彼女は大きな目をパチリと見開いておずおずと返事をした。胸元に落ちていた視線が自分の目のほうに向いて、バルトルは少し嬉しい、と思ってしまう。

病弱だという話は真実ではないとしても、離れにこもりきりだったことは事実だ。改めて、家を離れることになることは大丈夫かと聞くと、彼女は頷いた。

彼女の控えめだけれど澄んだ声を遮るように、横にいる父親が「ああ、なに」と笑った。

「子作りの心配もいらんぞ。まあ、体力がないところはあるかもしれんが」

バルトルはその言葉には極力反応を示さないように努めた。

(ここは、すごく居心地の悪い家だなあ)

父親はこれから嫁に行く娘に興味はなくバルトルが持ってきた支度金のトランクばかりを気にしているし、母親はバルトルを値踏みする気配を隠そうともせずじっとりと見てくるし。

早く、この家から出たいし、この子を連れ出したいとそう思った。


彼女が持ってきた荷物はほんの少しの、ささやかなものだけだった。

「荷物はこれだけ?」

そう聞くと、彼女は少し寂しげに頷く。

今日はよく晴れていて、彼女の黒髪を美しく照らしていた。艶のある髪が日差しを受け、天使の輪のように白く輝いていた。その姿がますます彼女を儚げに見せていて、バルトルはなんだか胸がちくりと痛んだ。

（本当は、もっと持っていきたいものもあったんじゃないか）

なんとなくそんな気がして、バルトルは遠くに見える離れを見つめた。だが、彼女が荷物はこれだけにしようと決めたのだから、余計なことは言わないと決め、代わりに彼女に微笑んで見せた。

馬車に乗り込んでからも相変わらず彼女はバルトルの胸元、スカーフばかりを一生懸命見つめていた。

「……白い肌に、黒い髪が美しいね」

「えっ……」

ずっと黙っているのも彼女を緊張させるだろうかと思って、バルトルは思ったことを素直に口に出した。

「さっき、日向にいる君を見てそう思った。君の黒い髪に光が当たって、天使の輪のようだった」

「……あ、ありがとうございます」

思ったそのままを伝えると彼女の白い頬が赤らむ。俯かせてしまうかな、と思ったのだが、彼女はむしろ顔を上げ、少し驚いた雰囲気でバルトルの顔をまっすぐ見てくれた。

（あ、こっち見た）

別にそういうつもりはなかったのだけれど、バルトルは内心ラッキーだと思う。

大きなきれいな瞳が自分を見つめてくれていると、嬉しい。バルトルは自然と顔を綻ばせていた。

彼女をようやく我が家に連れて帰り、そして、夜を迎えた。

今日提出した婚姻誓約書はすでに受理されたと電報が届いている。つまりはバルトルと彼女は正式な夫婦であり、これは夫婦の初夜にあたる。

彼女は先に湯を浴びて、寝支度を整えていると聞いている。バルトルはまだ少し濡れている髪を手で軽くすいてから、夫婦の寝室の扉を開けた。

扉の音で振り向いた彼女はベッドのすぐそばで困った様子で立ち尽くしていた。薄手の白いワンピースの裾を健気にぎゅ、と握りしめていた。

バルトルがベッドに腰掛けると、彼女はわかりやすくビクリと身体を硬くしていた。

「その、バルトル様」

震えた声が自分の名を呼んだ。

（……かわいいな）

薄手で柔らかな寝間着は露出は少なくとも、華奢で儚げな印象とは裏腹な豊かな曲線を浮き出させていて、つい目がいった。見るからに緊張した様子にも、一瞬自分の中のなにかがグラリときたが、それにはすぐさま蓋をして、バルトルは彼女に微笑んでみせた。

「大丈夫だよ、僕たちの初夜はまだ先にしよう」

「え？」

バルトルの言葉にきょとんとして、見つめる彼女は少し幼げな表情をしていた。

（やっぱりこの子、目が大きいな）

クッキリとした二重の瞳は少し猫っぽい形をしている。つり目といえばつり目だが、表情や雰囲気が柔らかいせいか、キツい印象は全くない。グレーの瞳はよくよく見ていると虹彩が文字通り虹色に輝いているように見えて、とてもきれいだ。

髪が短いから余計に目が大きく見えるのだろうか。

「書類上の夫婦にはなっても、ホラ、式を挙げていないだろう？　それからでいいと思うんだよね」

「え」

「うん？」

彼女、ロレッタは困惑している様子だった。

――けして想いあって結ばれたわけではなかったが、バルトルは彼女と幸せな夫婦になりたいと考えていた。彼女にアーバン家にいたときよりも幸せになってほしい。彼女と幸せな家族になりたいと。

元々、バルトルには『家族』というものに憧れがあった。

だから、想い合う前に身体を繋げて、それで子どもができてしまうのは望ましくないとバルトルは考えていたし、国の法律には『白い結婚』という制度もあった。

初夜を迎えていない夫婦であれば、そもそも婚姻の事実がなかったと認められる制度だ。

もしも彼女がバルトルを好きになれなかったのなら、そのときには綺麗な身体のまま離縁させてあげたい。彼女をあの家から連れ出すという目的はもう果たせているのだから、離縁した後も彼女が自由に思うがままに過ごせるように彼女の自立だけ支援させてもらって。

そうとまでは言わなかったが、バルトルは彼女に夫婦としての関係を焦らないことを告げる。彼女は困惑しつつもあからさまにほっとしているようだった。

（僕のことを好きになってくれたら、嬉しいけど）

バルトルはふと、彼女の頬に手を伸ばした。びくりと小さな肩が震える。冷え性のバルトルの手は火照り気味の頬をした彼女には冷たかったかもしれない。

きれいな灰色の大きな瞳と目が合うとバルトルはやはり嬉しい気持ちになった。彼女が自分を見てくれていると、嬉しい。

彼女の黒く、艶やかな髪にそっと触れる。

「……髪も、伸ばしているんだろう？」

「あ……」

「きっときれいだよ。君のこの黒髪が風になびいて、光の下で煌めいて……純白のドレスを着た姿」

この言葉は本心だった。

きっと、いや、絶対にきれいだ。

そして、その姿を見てみたいと、バルトルはそう思う。

バルトルは彼女にそれぞれの私室があることを伝えた。

「今日は疲れたね。よくおやすみ。夫婦の寝室はここだけれど、その日が来るまで互いの部屋で夜は過ごそう。あっちの青いプレートのかかった部屋が僕の部屋だ。ひとり寝が寂しいのなら慰めるくらいの甲斐性は持っているつもりだがね」

そう言って、バルトルはウインクをして見せる。

「……」

無意識にしてしまった仕草だが、深窓の令嬢である彼女には見慣れないものだったかもしれない。

彼女は大きな目を瞬いて、だがしかし、それからなぜか、ギュッとその目を強く瞑ったようだった。

どうしたんだろう。思わずポカンとしていると、彼女は少し慌てた様子で口を開いた。

「あ、あの、変でしたか？」

「えっ」

もしかして。

――ウインクを返してくれた、のか。

今度はバルトルの方が惚けてしまっていると彼女は白い頬を真っ赤に染め上げて、「おやすみなさい」と慌てて自室に逃げ込んでしまった。

「……」

バルトルもぼうっとしたまま自室に入る。そして何も考えずにフラフラと歩いていたら床に落ちていた紙切れを踏んで、足を滑らせた。

「うわっ」

咄嗟に近くのコートハンガーを摑んでしまい、ハンガーと一緒に床に転がり、派手な物音を響かせた。

「いててて……」

普段ならこんなに抜けてはいないのに。バルトルは鈍い痛みと共に、あまりにも間抜けな転びっぷりに少なからず落ち込んだ。

ウインク、した。失敗していたけれど。

(……かわいかったな)

ぎゅっと目を瞑り、ちょっとくちゃくちゃな顔をした彼女。

儚げなかわいらしさが印象的だったけれど、そういうかわいらしさもあるのか、とバルトルはつい噛み締めてしまった。

(いや、そんなことしてくると思うか？　思わないだろ)

茶目っ気というか、自分の仕草を真似てきた彼女には自分に歩み寄ろうとする気概を感じた。なんていうのは、自分に都合のいいように考えすぎかもしれないが。

「……僕は、とんでもなくかわいい子と結婚してしまったのでは……？」

バルトルは柄にもなく口元を押さえ、一人そう呟くのだった。

ＦＩＮ

あとがき

こんにちは、三崎ちさです。この度はお手に取っていただき誠にありがとうございます。前巻から通しで読まれた方、今巻から手に取っていただいた方、WEBから読んでくださっていた方、みなさまありがとうございます。

前巻はWEBに掲載していたお話をベースに加筆して……という感じでしたが、今巻は本編はまるまる書き下ろしで、迷路の壁をガンガン叩き割りながら歩いて行くような気持ちで書きました。番外編はWEBに掲載していた内容で、掲載しようかどうしようかなというところだったのですが、せっかくなので載せてもらいました。番外編はバルトルがイキイキしてますね。

バルトルは私の中ですごい自由に動いてしゃべるキャラなので「そんなこと言うの？」と自分で思いながら書いていました。自由なのが彼のいいところかなと思います。前巻でも片鱗がありましたが、今巻は特に子どもっぽい一面が出ていたのではないでしょうか。ロレッタはおとなしくていい子……のわりに意外と結構サバサバしているイメージです。姉属性の年下の女の子と小さいときに家族の愛情を受けてこなかった年上のお兄さんっていいですよね。いい感じにお互い支え合って、末永く穏やかに幸せでいてほしい二人です。

担当編集さま、前巻に引き続きとても素敵なイラストを描いてくださった花染なぎさ先生、本作に関しましてご尽力くださいましたすべてのみなさまに感謝申し上げます。

余談ですが私は読書の際にものすごくエネルギーを使いながら読むタイプでして、一作品読むたびにかなり気合いを入れて読み始め、読み終わったら燃え尽きてしまいがちです。自分がそういう感じなので、自分の書いた作品を誰かが手に取って読んでくださるって本当にすごいことだなあとしみじみ思います。

個人的には自分がお話一本書くよりどなたかの作品を一作読むほうがエネルギー消費が激しいです。もっと読《よ》み筋《きん》つけたいんですが、もうそういう生き物なのかなと半ば諦めてます。たくさん読んで書ける人間になりたいです。中学生頃に読んでいた大好きな作品を「これ、今読んだら廃人になりそうだな」と思って読み返せなくなる大人になりたくなかった。どうにか強くなって読み返せるようになりたいです。

繰り返しになりますが、本作をお読みくださいましたみなさま、本当にありがとうございました！　またどこかでお会いできましたら嬉しいです。

二〇二三年十月吉日　三崎ちさ

学校の教師をしていたアオイは異世界に転移した。
森の賢者に拾われて魔術を教わると
あっという間にマスターしたため、
さらに研究するよう薦められて
世界最大の魔術学院に教師として入ることに。
しかし、学院には権力をかさに着る
貴族の問題児がはびこっていた――
異世界転移して教師になったが魔女と恐れられている件
井上みつる
Illustration 鈴ノ
1~5巻
好評発売中!
特集ページはこちら!
EARTH STAR LUNA

王族相手に保護者面談!?
木刀で生徒にタイマン指導!?
最強の新人女教師が
魔術学院のしがらみを
ぶち壊す!?

EARTH STAR
LUNA

不貞の子は父に売られた嫁ぎ先の成り上がり男爵に真価を見いだされる
天才魔道具士は黒髪の令嬢を溺愛する ②

発行 ―――― 2023年10月2日　初版第1刷発行

著者 ―――― 三崎ちさ

イラストレーター ―――― 花染なぎさ

装丁デザイン ―――― 山上陽一（ARTEN）

発行者 ―――― 幕内和博

編集 ―――― 筒井さやか

発行所 ―――― 株式会社アース・スター エンターテイメント
〒141-0021　東京都品川区上大崎3-1-1
目黒セントラルスクエア　7F
TEL：03-5561-7630
FAX：03-5561-7632
https://www.es-luna.jp

印刷・製本 ―――― 中央精版印刷株式会社

ISBN 978-4-8030-1841-7